des Präsidenten des Schleswig-Holsteinischen Landtages, Klaus Schlie

Meine sehr geehrten Damen und Herren,

vor 100 Jahren wurde die deutsch-dänische Grenze auf Grundlage einer demokratischen Abstimmung neu gezogen und damit zugleich eine lebendige Region – das alte Herzogtum Schleswig – endgültig zwischen zwei Nationalstaaten aufgeteilt. Die Erinnerung an dieses für die Menschen damals einschneidende, tief in ihr Leben eingreifende Ereignis ist heute vor allem auf deutscher Seite fast verblasst. Die Grenze wird in ihrer Entstehung nicht mehr hinterfragt und sie ist in den vergangenen Jahren glücklicherweise immer durchlässiger und immer weniger sicht- und spürbar geworden.

Mit der Corona-Pandemie änderte sich das schlagartig – und das nicht allein an der deutsch-dänischen Grenze. Überall in Europa wurden die Grenzen wieder spürbar, Menschen, die bisher ganz selbstverständlich über Grenzen hinweg täglich zur Arbeit fuhren, mussten nun erleben, wie Grenzen wieder geschlossen wurden. Das alles geschah aus nachvollziehbaren Gründen – trotzdem haben gerade die Menschen in unseren Grenzregionen die vergangenen Wochen als einen belastenden und unnatürlichen Zustand erlebt. Das war nicht das Europa, das wir anstreben.

Für diese Zeit waren in Dänemark und Deutschland zahlreiche Feierlichkeiten und Veranstaltungen zum 100. Jahrestag der Grenzziehung geplant. Auch das Theaterstück „Amphibien" des Ensembles aus Schülerinnen und Schülern des Deutschen Gymnasiums aus Apenrade und aus Studierenden der Europa-Universität Flensburg sollte noch mehrfach an Orten südlich und nördlich der heutigen Grenze zur Aufführung kommen. Aufführungen, die ganz gewiss so wie bei der Premiere Begeisterung beim Publikum ausgelöst hätten. Leider kam es nun wegen der Corona-Pandemie nicht mehr dazu. Die Leistung der Organisatoren, der aktiven und kreativen Gestalter auf und hinter der Bühne, vor allem der Schauspielerinnen und Schauspieler schmälert das nicht, im Gegenteil.

Das Stück hat bei seinen coronabedingt wenigen Aufführungen so viel begeisterten Beifall, Zuspruch und Anerkennung bekommen, dass rasch die Idee aufkam, das Stück über diese Zeit hinaus zu bewahren. Der Abdruck des Stückes, wie er hier vorliegt, ist ein Angebot für alle Theaterensembles, vor allem im schulischen Bereich, den Ball aufzunehmen und sich mit dem Stück und dem Stoff der „Amphibien" auseinanderzusetzen. Jede neue Inszenierung und Aufführung ist damit in Zukunft auch ein Zeichen der Wertschätzung für das „Ur-Ensemble", dem ich an dieser Stelle noch einmal sehr herzlich für ihr Engagement danke.

Vor allem ist es aber auch ein Beitrag gelebter europäischer Kultur. Es zeigt, wie nationaler Egoismus Familien, Freundschaften und sogar Ehen auseinanderreißen kann. Es ist ein Aufruf, nationalstaatliches Denken zu überwinden.

Das deutsch-dänische Grenzland ist ein hervorragender Ort, die Vielfalt kultureller Kontakt- und Übergangsgebiete kennen und vor allem schätzen zu lernen – diese Grenzregionen sind Europas Reichtum. Dieses heute ins Gedächtnis zu bringen und anschaulich und einfühlsam auf die Bühne zu bringen, das ist das Verdienst von „Amphibien". Ich danke allen, die dazu auf und hinter der Bühne beigetragen haben und ich freue mich darauf, die „Amphibien" bald wieder einmal auf der Bühne zu sehen.

Literarische und historische Spuren

Unser Abstimmungsschauspiel ist ein sehr vielstimmiges Stück. Wir haben etliche verschiedene literarische Handlungsfäden zusammengeflochten und viele historische Quellen in den Text eingearbeitet. Am Anfang stand der Roman „Riss durchs Festland" von Uwe Pörksen. Er war der Kristallisationspunkt unserer Idee. Wir haben ihn entgegen unserer ersten Idee nicht zu einem Drama eingekocht, dazu ist er zu breit angelegt, er hat uns aber den Weg gezeigt, den wir gehen konnten. Ein Wegweiser war uns seine Amphibien-Metapher, aus der wir dann in einem Gegenbild die Storchen-Metapher entwickelt haben. Hier haben eine alte Ausgabe von „Brehms Tierleben" und Hitchcocks Film „Die Vögel" geholfen, das etwas andere Bild eines gar nicht so liebenswerten Storches zu entwickeln. Diese beiden Motive lieferten die Schubkraft, die unser Projekt angetrieben hat.

In dem Roman von Pörksen findet sich der Brief einer Bauerntochter aus dem Norden des Herzogtums Schleswig. Dieser Brief an ihren Mann Jacob, der als Soldat die Düppler Schanzen verteidigt, hat uns so gerührt, dass daraus die erste Dramenfigur entstanden ist. Anna-Katrines Mann Jacob spielt als einfacher Soldat nur eine Nebenrolle in den Auseinandersetzungen um Düppel, aber gerade die Sicht dieses „Nebenrollen-Menschen" hat uns interessiert. Wir wollen unser Stück aus der Sicht der unteren Dienstränge erzählen, aus den Gräben, aus dem Lazarett. Beides hat Jacob erlebt. Sehr hilfreich waren uns hier auch die Darstellung von Tom Buk Swienty in seinem Buch „Schlachtbank Düppel" und das Online-Archiv des Düppler Museums. Diese beiden Quellen haben uns mit vielen historischen Personen bekannt gemacht, aus denen die beiden traumatisierten Kriegsveteranen unseres Stücks entstanden sind. Das Elend der kriegerischen Auseinandersetzungen führte uns auch in die Kriegslazarette: Hier begegnet uns Friedrich von Esmarch, der in der Schleswig-Holsteinischen Erhebung und in den Einigungskriegen seine Erfahrungen in den „Pesthöhlen" der Lazarette machte, die sich in seinem „Kriegschirurgischen Handbuch" niederschlugen, aus dem wir im Stück zitieren.

Die Figur der Johanne lehnt sich an Anna zu Stolberg Wernigerode an. Sie hat die zerschossenen Soldaten gepflegt, unter anderem in einem Flensburger Lazarett während und nach der Schlacht um Düppel.

Die genannten Figuren haben wir zunächst vor ihrem historischen Hintergrund agieren lassen und dann in eine Wohngemeinschaft unserer Gegenwart gebeamt. Es hat uns großen Spaß gemacht zu sehen, wie sie in diesen verschiedenen Reaktionsräumen agieren: da eine toxische Brühe in einem nationalistisch aufgeheizten Druckkessel – hier sechs dampfende Kartoffeln in einer WG-Gemeinschaftsküche.

Die erstgenannten Figuren, Anna-Katrine, Jacob, Johanne und auch Maren haben wir aus der Vergangenheit in die Gegenwart teleportiert, mit Kasper haben wir den anderen Weg beschritten, ihn haben wir in den aufgeheizten Druckkessel geworfen und das ist ihm nicht gut bekommen. Kasper ist eine Gegenwarts-Figur, wie wir sie aus unserem Schulalltag kennen: etwas verträumt und verplant, nachdenklich und liebenswert. Auch Frieda entstammt als Typ unserer Gegenwart. Es ist erschreckend zu sehen, wie sie und Kasper im toxischen Gebräu des Nationalismus untergehen.

Viele der Sprecher*innen-Texte der Vergangenheitsebene haben wir Hauke Grella vom Deutschen Museum in Sonderburg zu verdanken. Zu nennen sind hier zum Beispiel die Rede des deutschen Pastors Jacobsens aus Scherrebek, die er 1895 in Kiel hielt, die geheimen Ausweisungs-Beschlüsse während der Amtszeit von Köllers oder der Aufruf des Grafen Schack aus Mögeltondern zur Abstimmung 1920. Wir haben uns allerdings die Freiheit genommen, die Aussagen dieser Texte durch geringfügige Änderungen so zu verändern, dass sie zur nationalistisch dänischen und zur nationalistisch deutschen Sichtweise passen, nationalistische Sprache ähnelt sich nämlich sehr zu beiden Seiten der Grenze in Vergangenheit und Gegenwart.

Danksagungen
Unser Abstimmungsschauspiel ist nicht nur ein sehr vielstimmiges Stück, es ist auch durch eine vielarmige gemeinsame Arbeit und Unterstützung entstanden. Deshalb bedanken wir uns herzlich beim Landtagspräsidenten Klaus Schlie für die Anregung, aus Anlass des 100-jährigen Jubiläums der Volksabstimmung von 1920 ein Bühnenstück zu inszenieren. Ohne das Interesse und das Engagement des Landtagspräsidenten für die Minderheiten in Schleswig-Holstein und Dänemark und ebenso wenig ohne die großzügige finanzielle Unterstützung wäre dieses Projekt niemals zur Durchführung gelangt. Nicht zuletzt bedanken wir uns auch für seinen Mut und sein Vertrauen, uns dieses Projekt anzuvertrauen! Unser Dank gilt ebenfalls dem Referat für Europaangelegenheiten, Ostseekooperation und Minderheitenfragen des Landtags für die engagierte

Projektbegleitung, umfangreiche fachliche Beratung und organisatorische Unterstützung: Jutta Schmidt-Holländer, Arne Petersen, Jan Diedrichsen, Anja Freudenthal und Regina Baltschun.

Einen ganz besonderen Dank sagen wir dem 1935 in Breklum geborenen und seit 1968 in Freiburg lebenden Literaturprofessor Dr. Uwe Pörksen, der uns den literarischen Impuls zu unserem Abstimmungsschauspiel gegeben hat. Wir danken ihm und dem Boyens Buchverlag in Heide für den wunderbaren großen Grenzlandroman „Riss durchs Festland“. Diesem Roman sind Fragmente für die Textvorlage entnommen, er war uns eine großartige Inspiration!

Dieses Projekt wäre nicht möglich gewesen ohne die Zusammenarbeit mit der Europa-Universität Flensburg. Hier bedanke ich mich besonders bei Dr. Miriam Baghai-Tordsen vom Fachbereich Darstellendes Spiel und ihren Studierenden, Anja Rüther vom Fachbereich Mode und Textil und ihren Studierenden und bei Dr. Markus J. Herschbach vom Fachbereich Kunst und visuelle Medien und seinen Studierenden. Unsere inspirierende Zusammenarbeit hat uns über alle Hürden getragen.

Der nächste Dank gilt den Schüler*innen der Theater-AG des Deutschen Gymnasiums für Nordschleswig. Hier möchten wir vor allem Stella Fuglsang-Damgaard Sina, der Co-Autorin des Theatertextes, für ihren hervorragenden engagierten Einsatz danken.

Theater-Texte sind nach dem Schreiben nicht fertig. Sie müssen in den Proben überprüft und dann oft überarbeitet werden. Die Experten für die Text-Erprobungen sind die Schauspieler. Sie entwickeln mit der Zeit das richtige Gespür für den Charakter ihrer Rolle. Damit werden sie zu unseren Co-Autoren. Liebes Theater-Team: Das war ein großes Erlebnis, vielen herzlichen Dank!

Jürgen Schultze

MITWIRKENDE

Künstlerische Leitung
Dr. Miriam Baghai-Thordsen, Dr. Markus J. Herschbach,
Anja Rüther, Jürgen Schultze

Theater-AG Deutsches Gymnasium für Nordschleswig
Stella Fuglsang-Damgaard Sina, Bente Andersen, Niklas Bauer,
Geertje Graehn, Linus Clausen, Anna-Sophie Lorenzen,
Nele Reckweg, Mia Caroline Petersen, Merle Levisen,
Magdalena Mossmann, Sophie Birkmose, Zoe Zander, Brit Tams,
Jesse Cramer, Narek Gioulbekian, Vitus A.E. Petersen,
Anna Lisa Paysen, Hans Fedder Hindrichsen Kley, Aaron K. J. Nebocat,
Jakob Madsen, Melanie Lutz

Kunst und visuelle Medien – Europa-Universität Flensburg
Lena Arndt, Jane Bethune, Franziska Born, Lars Dobiasch,
Sandra Fehrmann, Simone Hager, Hanna Hefftner, Laura Hellmann,
Lisa Ingwersen, Anne Merle Leitenberger, Lena Lucia Löffler,
Antonia Luise, Johanne Lührs, Kreske Lütgers, Hannah Maaßen,
Karla Nieter, Hanna Olesinski, Felina Zazie Ott, Caroline Panozzo,
Christina Pareick, Kimberly Ritter, Sina Schwiegk, Anna Seidel,
Gurpreet Singh, Kira Malina Sörensen, Marie Isabell Stülpnagel,
Henrike Völsch, Stacy Weber, Sinja Weilandt

Darstellendes Spiel – Europa-Universität Flensburg
Benjamin Bajramovic, Esther-Zoe Burmester, Florian-Alexander Franz,
Johanna Gregersen, Neele Hapel, Julia Haschke, Melanie Joehnck ,
Janis Kühl, Jana Michaelis, Berhard Outzen, Jonna Rethwisch,
Phillip Röschmann

Textil und Mode – Europa-Universität Flensburg
Josephine Bening, Antje Große, Lisanne Koch, Laura Krisat,
Nele Reimann, Tomke Sievers

AMPHIBIEN

EIN DEUTSCH-DÄNISCHES ABSTIMMUNGS-SCHAUSPIEL

EN TYSK-DANSK LANDSKAMP

Text: Stella Fuglsang-Damgaard Sina
und Jürgen Schultze

PERSONAL

ANNA-KATRINE

FRIEDA

JACOB

JOHANNE

KASPER

MAREN

10 SPRECHER*INNEN *(im Folgenden durch* **S** *abgekürzt)*

CHOR *und evtl.* **BAND**

BÜHNE Auf der Bühne stehen zwei verkleidete, rollbare Baugerüste, die als Feldlazarett oder als erhöhtes Podest für den Chor dienen können.

Unterstreichungen werden chorisch gesprochen

S 3 Bis vor Kurzem war alles selbstverständlich. Wir waren Amphibien.

S 4 Amphibien?

S 9 Wir lebten in zwei Elementen. Auf dem Land gehen, im Wasser schwimmen.

S 10 In gewisser Weise tun wir's noch. Wir gehen von der einen Sprache in die andere wie durch eine offene Tür. Je nach Umgebung.

S 7 Und je nach der Umgebung leben wir in dänischen Liedern oder in deutschen.

S 2 Im Wasser schwammen sie und an Land gingen sie. Ich rede wie von einem Kindheitsparadies, von einem fernen Zuhause … Wir redeten und wir sangen deutsch. In der Kirche und im Dorf war alles dänisch, auch mein Vater redete dänisch im Kindergottesdienst und sang mit uns die dänischen Lieder.

S 8 Nichts war daran auffällig. Wir schwammen dänisch und gingen deutsch oder umgekehrt, je nachdem, wir konnten uns gar nicht vorstellen, dass es auch anders geht.

S 5 Wir lachen auf i oder auf a.

S lachen auf i und auf a.

S 2 Aber es ist nicht mehr selbstverständlich.

S Das Lachen schon!

S 2 Ja, aber das Leben in beiden Welten? Wir haben uns schlafen gelegt und sind als Landtiere mit Eckzähnen aufgewacht.

S 10 Alles fiel auseinander. Und was war daran schuld? Die schleswig-holsteinische Frage …

S 1 Als dieses Erdzeitalter zu Ende ging, als die Amphibien das Wasser hinter sich ließen und als Landtiere erwachten, wurden ihre Augen umgebaut.

S 4 Sie brauchten nun andere Augen. Sie rivalisierten miteinander nur noch um Land und Luft.

S 6 Und?

S 1 Und? Sie konnten nicht ins alte Element zurücktauchen, weil sie anders guckten, auf ein Hauptmerkmal gerichtet. Selbst die Tiere derselben Gattung hatten so veränderte Augen, dass sie manchmal nicht merkten, wenn sie ihresgleichen vor sich hatten, weil sie an ihnen auf einmal ein feindliches Hauptmerkmal wahrnahmen: Happ!

S 3 Die nationale Idee ist ein Wahn. Ein Augenblick, eine Augenverrückung, die mir unheimlich ist.

S 10 Ja, alles fiel auseinander. Und schuld war die schleswig-holsteinische Frage …

S 1 Die Amphibien wurden müde, die Störche wurden wach. Fahnen, jeder seine eigene im Wind, und in den Köpfen die Frage: Was bist du?

Chor summt „Schleswig-Holstein meerumschlungen".

II. DIE LANDTIERE ERWACHEN

S 8 Der Hausstorch bevorzugt ebene, flache und tiefe Gegenden, welche reich an Wasser und insbesondere an Sümpfen und Morasten sind, verlangt aber Gelände, in denen der Mensch zur Herrschaft gekommen ist.

Auftritt MAREN, KASPER, FRIEDA und JOHANNE. JOHANNE sucht nach dem besten Platz für die Picknickdecke; Frieda zeichnet, wirkt unbeteiligt, MAREN wartet ungeduldig auf Jacob und Anna-Katrine

(Chor singt)
Schleswig-Holstein, meerumschlungen,
deutscher Sitte hohe Wacht!
Wahre treu, was schwer errungen,
bis ein schön'rer Morgen tagt!
Schleswig-Holstein, stammverwandt,
wanke nicht, mein Vaterland!

Schleswig-Holstein, stammverwandt,
wanke nicht, mein Vaterland!
Doch wenn inn're Stürme wüten,
drohend sich der Nord erhebt,
schütze Gott die holden Blüten,
die ein milder Süd belebt.
(Summt sehr leise weiter.)

MAREN *(an einer Selleriestange kauend)* Das Lied ist doch ziemlich starker Tobak.

JOHANNE Ich fand es einfach nur schön. Die Melodie wiegt ein und bringt in Gang.

MAREN Da singt noch was Anderes mit. Es klingt nach Aufruhr. Adé, gamle Danmark.[1] Wir sind wir und haben unser eigen Vaterland, von der Königsau bis zur Elbmündung. Wenn überhaupt ein Teil von etwas, dann sind wir doch eher deutsch.

KASPER *(schief singend)* „Doch wenn inn're Stürme wüten, drohend sich der Nord erhebt …" *(lacht)*

JOHANNE „… der Nord erhebt?"

MAREN … na ja, gemeint ist Kopenhagen, das eine Ausdehnung Dänemarks bis zur Eider will.

(Chor singt)
Teures Land, du Doppeleiche,
unter einer Krone Dach,
stehe fest und nimmer weiche,
wie der Feind auch dräuen mag!

(Summt sehr leise weiter.)

JOHANNE Was ist eigentlich mit der Doppeleiche gemeint?

MAREN Das sind wir, die zwei Herzogtümer Schleswig und Holstein.

JOHANNE Und „der Krone Dach"?

1 Lebewohl, altes Dänemark.

MAREN *(lacht)* Das sind wir auch! Auf den König wollen wir doch nicht verzichten. *(ironisch)* Vi skal have en at raabe „hurra" for.[2]

JOHANNE Das Lied berührt mich seltsam. Es klingt so ideal, so blumig!

MAREN Schleswig-Holstein ist doch gar nicht mein Vaterland. Wenn ich meines nennen müsste – aber muss ich das? –, dann ist es beispielsweise Egernsund und hier, wo ich jetzt bin, diese Ecke.

S 7 Einige Zeit danach veröffentlicht der alternde König Christian VIII. seinen „Offenen Brief", der in ganz Südschleswig für Aufregung sorgte.

S 10 Es geht darum, dass der dänische König das Herzogtum Holstein schon verloren gibt, aber für Schleswig die Erbfolge seines Hauses durchsetzen und so Schleswig abzweigen will. Er will es an die Kandare nehmen.

S 8 Wir Schleswiger sollen dänische Provinz werden, in Schrift und Rede und Münzen.

JOHANNE Mich beunruhigt die neue Sprache, die auf einmal in der Luft liegt, sogar die deutschen Zeitungen sind voll davon.

S *(versetzt gesprochen)* Da ist etwas im Anzug.

S 1 Das Grenzgebiet vor der Königsau und der Landstrich vor Alsen, Sundewitt, aber auch Alsen selbst sind durch diese Hetze zu Hochburgen des Dänentums geworden.

S 2 Nicht wenige dänisch gesinnte Geistliche sind an der Hetze beteiligt,

S 4 … aber hinter diesen Machinationen ist ohne Zweifel die dänische Regierung tätig.

S 3 Sie ist der geheime Drahtzieher, Schleswig bis zur Eider zur danisierten Provinz zu machen.

JOHANNE Das ist in der Tat eine neue Sprache.

MAREN Grauenhaft.

2 Wir brauchen jemanden, für den wir „Hurra" rufen können.

S 9 *(leise zu Maren)* Es ist etwas im Anzug.

MAREN Was muss das für ein Hass sein, der zu solchem Vokabular greift. Mittlerweile sind fanatische und gewissenlose Agitatoren am Werk, die Unruhe ins Land tragen. Ich fürchte, es entsteht ein Nationalitätengegensatz, wie ihn bisher keiner im Norden gekannt hat. Es ist etwas im Anzug ... *(irritiert)* Sag mal Frieda, was zeichnest du da eigentlich die ganze Zeit?

FRIEDA Ich lasse mich gerade von dem Lied inspirieren. Hier: eine Doppel-Eiche!

MAREN Und das da?

FRIEDA Ich glaube auch, da ist was im Anzug, deshalb hab ich da auch noch eine Doppel-Leiche reingezeichnet.

JOHANNE *(unterbricht, entdeckt einen fliegenden Storch)* Oh, guckt mal, ein Storch!

KASPER Wo?

MAREN Ja, da sind sie ja endlich! *(Pause)* Guckt mal, noch mehr!

S steigen in Reihenfolge ihrer Bezifferung nacheinander auf Gerüste; zunächst verdeckt.

ANNA-KATRINE kommt durch den Zuschauerraum und ruft nach ihrem Mann Jacob.

ANNA-KATRINE Jaaaaaaacob! Jetzt komm endlich, wir sind sowieso schon viel zu spät!

JACOB Entschuldigung, Entschuldigung, Liebes. Reg dich doch nicht so auf in deinem Zustand ...

ANNA-KATRINE „In meinem Zustand"?! Jacob, ich bin *(Geste: schwanger)* nicht krank!

JACOB Jaja, du hast vollkommen Recht.

ANNA-KATRINE Ja, ich habe Recht. Lass uns gehen.

ANNA-KATRINE und JACOB gehen auf die Bühne, dort sitzen MAREN, KASPER, FRIEDA und JOHANNE auf einer Picknickdecke und erwarten sie schon.

MAREN Na, da seid ihr ja!

JACOB Tut uns leid, wir wurden noch aufgehalten.

ANNA-KATRINE wirft ihm einen vielsagenden Blick zu.

KASPER Ach, ta' det rolig. Nur keine Eile!

FRIEDA *(ironisch)* He, he, ihr wurdet also aufgehalten, Jacob?

JOHANNE Setzt euch doch. Was kann ich euch anbieten? Wollt ihr eine Limonade? Oder ein Marmeladenbrot?

KASPER Wir haben auch frischen Sellerie, kann ich nur empfehlen! Lecker!

ANNA-KATRINE und JACOB werden bedient und schütteln die Köpfe zu Kaspers freundlichem Angebot.

FRIEDA Oh, guckt mal, die Störche: wie schön!

MAREN Na, ich weiß nicht ... Gewöhnlich betrachtet man den Storch als einen harmlosen und gutmütigen Vogel; diese Eigenschaften besitzt er jedoch durchaus nicht.

ANNA-KATRINE Ja, die Störche ... *(seufzt)* Jacob und ich wollen euch etwas erzählen, also ... *(ANNA-KATRINE und JACOB schauen sich verliebt an.)*

S 5 erhebt sich neugierig.

JOHANNE Ein Storch kommt also zu euch geflogen. Oh, wie schön!

JOHANNE setzt sich zu JACOB und ANNA-KATRINE und sie reden glücklich über das Kind. KASPER ist ein bisschen langsamer im Verstehen.

KASPER Warte mal. Ihr bekommt ein Kind? Also ihr bekommt ein Kind-Kind? Habt ihr schon mal was von „sinne me e vinne“[3] gehört?

S 3 erhebt sich.

JACOB Ach, das geht alles seinen natürlichen Gang.

FRIEDA Ich konnte es irgendwie merken, dass ihr ein Kind bekommt. *(ironisch)* Ihr strahlt beide so eine Einträchtigkeit aus.

ANNA-KATRINE *(ironisch)* Ha, ha, danke Frieda!

FRIEDA Hm ja. Bitte. Viel Glück zu eurer Einträchtigkeit!

MAREN *(räuspert sich, ironisch)* Äußerst schlau erkannt, Frieda. Und wer soll das Kind eigentlich taufen? Unser deutscher Pastor Prahl, nehme ich an?

S 1 erhebt sich.

ANNA-KATRINE ist schon leicht genervt. Steht auf und geht auf MAREN zu.

ANNA-KATRINE Maren, fang nicht schon wieder mit so was an: Pastor Sørensen steht Jacobs Familie am nächsten und … *(wird unterbrochen)*

MAREN Ja, aber Sørensen ist ja dänisch. Ihr wollt doch euer Kind nicht etwa dänisch taufen?

JACOB Ja, also … *(wird von ANNA-KATRINE unterbrochen)*

ANNA-KATRINE Ich weiß sehr wohl, dass er Däne ist. Und? *(ironisch)* Was ist daran problematisch?

JACOB *(beschwichtigend)* Also … nicht, dass es was bedeutet, aber die Kinder in meiner Familie wurden immer dänisch getauft.

S 2 erhebt sich.

KASPER Kann das nicht egal sein?

3 In etwa: „Eile mit Weile“.

JOHANNE Ja, ich finde, wir sollten uns alle wieder setzen. Ich habe nämlich „Brøtoat“[4] gebacken und ... *(wird von* MAREN *unterbrochen)*

MAREN *(empört)* Natürlich kann das nicht egal sein. Ich würde mich zutiefst dafür schämen, mit jemandem befreundet zu sein, der sich zu den Dänen bekennt.

ANNA-KATRINE *(wütend)* Ja, Maren, aber können wir nicht bitte diesen lächerlichen Streit beenden? Ich meine, die hohen Herren streiten schon genug darüber, was zu Dänemark und was zum Deutschen Bund gehört. Das müssen wir nicht auch noch.

MAREN „Lächerlich“?! Du bezeichnest die Bewahrung der deutschen Kultur als „lächerlich“? Du enttäuschst mich immer wieder, Anna! Guten Tag noch.

MAREN geht ab. JACOB ruft ihr nach. KASPER isst von der Selleriestange.

JACOB *(verzweifelt)* Maren, jetzt lass uns noch mal darüber reden! So geht das doch nicht!

ANNA-KATRINE Lass es sein. Ich rede später mit ihr oder was denkst du, Frieda?

FRIEDA *(zornig)* Ich? Warum müssen wir uns zwischen zwei Welten entscheiden? Warum müssen wir wissen, wer dazugehört und wer „die Anderen“ sind? *(blickt in den Himmel)* Störche ...

Alle schauen in den Himmel.

JOHANNE Ein dänisches Sprichwort sagt: „Bygger storken rede på kirketårnet er der krig i vente.“ „Baut der Storch sein Nest auf dem Kirchturm, ist Krieg zu erwarten.“

ANNA-KATRINE und JACOB ab in Umkleide, etwas später KASPER

S 8 Und so kam es dann auch:

S 9 Ein Vierteljahr nach diesem Gespräch zogen dänische Bataillone

4 Brottorte, lokale Spezialität.

durch das Herzogtum Schleswig und Flugblätter deckten das Land.

S 8 Schleswiger! Wollt ihr es mit den Aufrührern halten oder mit eurem König?

S 3 In Kopenhagen war es am Hof zunächst der Eiderdänenpartei gelungen, nach dem Tod Christians VIII. den Nachfolger vor ihr Konzept zu spannen.

JOHANNE ... immer mehr Störche!

S 2 Seit dem 21. März des Jahres 1848 herrschte Krieg zwischen Dänemark und Schleswig-Holstein ...

S 4 ... und forderte zur Entscheidung heraus zwischen zwei Welten, die eben noch mehr schlecht als recht im Frieden miteinander ausgekommen waren.

S 1 Ein schneidender Luftzug kam sowohl aus dem Norden wie dem Süden.

S 5 Woher zuerst?

S 6 Immer von der Gegenseite ...

S Vom Feind!

JOHANNE Es kommen immer mehr!

S reagieren auf fettgedruckte Begriffe; Punch-Line-Choreographie.[5]

S 10 *(liest)* Als Christian VIII. im Januar 1848 gestorben war und sein Nachfolger Friedrich VII. am 21. März die Inkorporierung Schleswigs bis zur Eider verkündete, brachte das zwar auch etliche Leute im Norden auf, wirkte aber im übrigen Schleswig-Holstein und auf den Deutschen Bund sofort wie eine Kriegserklärung. Vorausschauend hatte Friedrich VII. sofort an der Königsau, der Südgrenze des Dänischen Königreichs, seine Truppen aufmarschieren lassen. Schleswig und Holstein sollten durch einen chirurgischen Schnitt längs der Eider getrennt werden. Friedrich VII. ließ von Norden her

5 Sprecher*in steht vor einer Reihe von Sprecher*innen und zwingt diese mit Gesten, z. B. Schlägen, in bestimmte Positionen.

einrücken. Die Entrüstung war ungeheuer, der deutsche Sprachbereich war empört, der Deutsche Bundestag in Frankfurt machte mobil, er beauftragte Preußen und Hannover. Am 9. April wurde bei Bau, nördlich von Flensburg, eine Schleswiger Freischar bitter geschlagen, die Flensburger wanderten hinaus und sahen Verwundete, Sterbende, Tote auf dem Schlachtfeld. Preußen rückte in Nordschleswig ein.

S 7 Bis vor Kurzem war alles selbstverständlich. Wir waren Amphibien. Jetzt sind wir als Landtiere erwacht.

JOHANNE *(blickt in den Himmel)* Sie fliegen jetzt ganz niedrig.
FRIEDA Fast ein bisschen unheimlich …

JOHANNE und FRIEDA ab in Umkleide

S 8 Gewöhnlich betrachtet man den Storch als einen harmlosen und gutmütigen Vogel.

S Diese Eigenschaften besitzt er jedoch durchaus nicht!

S 9 Er ist ein Räuber in der vollsten Bedeutung des Wortes.

S 3 Die Eier aller Bodenbrüter nimmt er aus; junge Vögel, auch Rebhühner, tötet er ohne Gnade.

S 2 Die Maulwürfe spießt er im Aufstoßen.

S 4 Junge Hasen nimmt er der Mutter trotz mutiger Verteidigung weg.

S 5 Seine Art, sich zu ernähren, „macht ihm das Morden zur Gewohnheit, und diese kann sogar zu Zeiten auf seinesgleichen übergehen."

S 3 *(liest)* Wenig später berichtet die Kopenhagener Zeitung: „Am Abend des siegreichen Tages herrschte ein reges Leben. Eine Anzahl von Privat- und öffentlichen Gebäuden war beflaggt und abends illuminiert. Kurz nach acht Uhr wurden im Lustgarten aus sechs Geschützen Salutschüsse abgefeuert. Vor Schloss Amalienborg wogte eine zahlreiche Menschenmenge auf und nieder."

S 2 *(liest)* Der König, der nach neun Uhr auf den Balkon heraustrat und die versammelte Menge grüßte, sprach, sich über die Brüstung lehnend: „Wir wollen der braven und tapferen Armee ein ‚Hurra' (**S** Hurra!) bringen", worauf die Menge durch lebhaften Zuruf erwiderte und das Lied ‚Den tapre landsoldat' anstimmte. Das lebhafte Treiben währte bis zu später Nachtstunde.

S *steigen auf die Gerüste und singen/grölen laut „Den tapre landsoldat".*

S Alles dreht sich und alles hat man schon mal gesehen auf dieser Welt; 170 Jahre später:

S *setzen sich.*

ZWISCHENSPIEL: WOHNGEMEINSCHAFT, ANNA-KATRINE STELLT SICH VOR

KASPER Boah … Warum dieser Aufwand für ein bisschen Kaffeetrinken?

JACOB Weil wir uns einig waren, dass unsere Wohnung vorbildlich sein soll, wenn sie kommt. *(geht ab)*

KASPER Ich hab da nie zugestimmt! Aber mal ganz ehrlich, wenn sie so eine ist *(Geste: pingeliges Getue)*, kann ich auf sie verzichten.

JACOB *(kommt mit einem Stuhl wieder)* Ach, sie ist bestimmt nicht so eine.

KASPER *(runzelt die Stirn)* Wir wollten doch nur ein bisschen aufräumen und uns nicht gleich auf den Tod vorbereiten.

MAREN *(kommt mit zwei Stühlen herein)* Das sieht noch gar nicht gut aus … Das Ganze weiter nach links, links, und holt einer von euch noch zwei Stühle aus der Küche?

JACOB Ja, kann ich machen. *(geht ab)*

KASPER Und ich hole mir noch was zum Knabbern. *(geht ab)*

JOHANNE *(kommt in dem Moment mit frisch gebackenen Brötchen herein)* Aber ich habe Boller[6] gebacken …

KASPER *(kommt kurz herein)* Ja, aber für den großen Hunger reicht das nicht. Wir haben doch noch etwas Sellerie, oder? *(geht wieder ab)*

6 Weiche dänische Brötchen.

JACOB kommt mit zwei Stühlen herein.

MAREN Okay. Haben wir an alles gedacht? Zimmer aufgeräumt, Klo geputzt … *(denkt nach)* Hast du das Waschbecken in der Küche saubergemacht, Johanne?

JOHANNE Ja, habe ich. Schon zweimal.

KASPER kommt mit ANNA-KATRINE und Sellerie in der Hand wieder herein.

KASPER *(kommt herein)* Schaut mal, was ich aufgetrieben habe!

ANNA-KATRINE lacht und gibt JOHANNE, MAREN und JACOB die Hand.

ANNA-KATRINE Hallo, ich bin Anna-Katrine. Danke, dass ich mal vorbeischauen darf.

Als ANNA-KATRINE JACOB die Hand gibt, bleiben ihre Blicke für einen Moment aneinander hängen.

JOHANNE Nimm ruhig Platz. Willst du Kaffee?

ANNA-KATRINE nickt. Alle setzen sich.

MAREN Ja, Anna-Katrine … Es freut uns sehr, dass du Interesse hast, hier einzuziehen. Aber vorher sollten wir uns noch ein wenig näher kennenlernen. Kasper, fängst du an?

KASPER Och Schreck, machst du es offiziell! Ähm … ja … also, ich bin Kasper … und ja … ich wohne in dem Zimmer ohne Fenster … und ja … was soll ich mehr erzählen?

MAREN Wie alt du bist, was du machst, woher du kommst. So etwas.

KASPER *(MAREN wird immer ungeduldiger und versucht ihn in seiner Selbstdarstellung immer wieder zu unterbrechen.)* Okay, ähm … ich bin Kopenhagener, also wohne hier schon seit immer und was ich mache, ist etwas schwer zu sagen … Also eigentlich studiere ich Philosophie, aber habe die letzten drei Semester Pause gemacht, um mich nicht nur auf diese eine Sache zu beschränken. Weißt du, es ist ja auch wichtig, verschiedene Dinge zu machen. Ich habe dann für einige Zeit in einer Bäckerei gearbeitet und ich habe kurz auch, weil ich dachte, das wäre was für mich, ein Praktikum beim Ministerium für Entwicklungshilfe gemacht, hätte auch nach Burkina Faso fliegen sollen, um dort eine Schule aufzubauen, aber das wurde nichts, weil mich dann ein Freund gefragt hat, ob ich nicht mit ihm ein Atelier eröffnen möchte. Ja … und nebenbei habe ich mein eigenes Bier gebraut mit einem Kumpel zusammen. Das machten wir für eine lange Zeit eigentlich, aber …

ANNA-KATRINE *(unterbricht)* Du machst aber viel!

KASPER Was?

ANNA-KATRINE Ich sagte, dass du viel machst. Dein Eifer ist beneidenswert.

MAREN Na ja, ob das Eifer ist … Ich würde es eher als Unfähigkeit, sich festzulegen, bezeichnen. *(ironisch)* Aber danke für die ausführliche Beschreibung deines Lebens, Kasper. Ich bin Maren und komme aus Deutschland. Genauer gesagt, aus Hamburg. Ich bin vor zwei Jahren hier eingezogen, weil ich in Kopenhagen mein Jurastudium angefangen habe, und wenn ich nicht gerade an der Uni bin, spiele ich Tennis oder arbeite. *(Pause)* Johanne?

JOHANNE *(wird beim Staubwedeln unterbrochen)* Ich bin Johanne, 25 Jahre alt und studiere Medizin. Ich komme ursprünglich von der Westküste Dänemarks. Letztes Jahr war ich für neun Monate in Afghanistan, um dort in einem kleinen lokalen Krankenhaus zu arbeiten. Ja, ich glaube, das ist alles, was ich zu sagen habe.

JACOB Sie ist die Mutter der WG.

JOHANNE Ja, jemand muss ja nach euch aufräumen; ich mach das aber gerne!

JACOB *(möchte ablenken)* Wie dem auch sei. Ich lebe seit fünf Jahren in dieser Wohngemeinschaft und arbeite als Bootsbauer in einer Werft. Eigentlich komme ich vom Land und bin auf einem großen Hof aufgewachsen. Na ja, nok om mig[7] … Erzähl uns doch mal was von dir.

7 Genug von mir.

ANNA-KATRINE Ja, ich bin, wie gesagt, Anna und bin 23 Jahre alt. Ich interessiere mich für Klimaschutz und Umweltschutz: Amphibien und Störche und so … Und übrigens: Störche sind gar nicht so nett, wie alle glauben. Und ich will hier studieren und brauche deswegen ein Dach überm Kopf. Ja, ich glaube, das ist alles über mich.

JACOB Und wo kommst du her?

ANNA-KATRINE Ähm … ich komme aus Süddänemark. Bin ganz nah bei der deutschen Grenze aufgewachsen.

MAREN Ah, dann sprichst du vielleicht etwas deutsch?

ANNA-KATRINE Ich spreche fließend deutsch, ja, aber …

MAREN Aber was?

ANNA-KATRINE Aber tue es ungern.

MAREN Wieso sprichst du ungern deutsch?

ANNA-KATRINE Lange Geschichte … ähm … In Nordschleswig gibt es eine kleine deutsche Minderheit, in der ich aufgewachsen bin. Und wenn ich „klein" sage, dann meine ich auch „klein". Sie ist eine kleine Parallelgesellschaft und man lebt in ihr, wie in einer boble.[8] Jeder kennt jeden, jeder weiß alles über jeden und man ist ja oh-so-stolz darauf, deutsch zu sein.

JACOB Du klingst nicht sonderlich begeistert …

ANNA-KATRINE Bin ich ja auch nicht, aber eigentlich wollte ich hierher nach Kopenhagen ziehen, um genau NICHT mehr über die Minderheit zu reden.

MAREN *(etwas beleidigt)* Hast du denn so schlechte Erfahrungen mit den Deutschen gemacht, dass du so vor ihnen flüchtest?

ANNA-KATRINE Nein, nein. Deutschland ist ein tolles Land, das ist es gar nicht. Ich habe nur mein ganzes Leben in dieser deutschen Minderheit gelebt und will da jetzt mal raus. Aber: Erzählt mir doch mal was über die WG. Was muss ich wissen?

KASPER Gibt nichts Besonderes, was du wissen musst. Solange du keinen Stress machst, ist alles gut. „Ta' det roligt"[9] ist das Motto der WG.

MAREN Das ist wohl eher dein Motto, Kasper … *(räuspert sich)* Hier in der WG funktioniert alles, solange man sich an die Hausregeln

8 Blase.
9 Immer mit der Ruhe.

hält. *(gibt ein Blatt Papier mit den Hausregeln an* ANNA-KATRINE*)* Aber wir haben entschieden, dass wir dein Einziehen, falls du dich dafür entscheidest, bei uns einzuziehen, als Anlass dafür nehmen werden, nochmal alle genauestens die Hausregeln zu lernen, damit die Schusseligkeiten, die es in der letzten Zeit so gab, nicht mehr vorkommen.

KASPER *(aufgeregt)* Wann haben wir denn das entschieden?

JACOB Das haben wir also niemals besprochen, Maren ...

MAREN Das habe ich entschieden, weil es nicht sein kann, dass Kasper Flöhe, Kakerlaken und sonstiges Ungeziefer in seinem Zimmer hat und du, Jacob, dich nie in die Tabelle fürs Aufräumen einträgst!

KASPER Du kannst noch so viel Tabellen und Listen machen, Maren, im Endeffekt ist es sowieso immer Johanne, die aufräumt ... *(immer schneller werdend)*

JACOB ... und putzt ...

KASPER ... und kocht ...

JACOB ... und wäscht ...

KASPER ... und einkauft ...

JACOB ... und bügelt ...

KASPER ... und ...

Ihm fällt nichts mehr ein, JOHANNE *unterbricht.*

JOHANNE *(leise, bescheiden)* Nein, das stimmt so nicht ...

JACOB Na klar stimmt das, Johanne. Du machst und hilfst viel zu viel.

MAREN Zurück zur Tabelle: Lasst es uns doch wenigstens noch einmal probieren. Mir ist es wichtig! Ich habe hier eine Tabelle mit den gewünschten häuslichen Tätigkeiten vorbereitet. *(legt eine Tabelle auf den Tisch mit den Kategorien Name und häusliche Tätigkeiten)*

KASPER *(ironisch)* Sollen wir auch unsere Nationalität eintragen?

MAREN Gute Idee! *(trägt neue Spalte ein)* „Name, häusliche Tätigkeiten, Nationalität: deutsch oder dänisch". So, fertig, bitte schön.

Alle schauen erstaunt auf die Tabelle, alle zögern.

MAREN *(schreibt)* Das kann doch nicht so schwer sein, Leute: *(trägt sich ein)* „Maren; wöchentlich die Gemeinschaftsräume staubsaugen; deutsch".

JOHANNE *(schreibt)* „Johanne; einkaufen und kochen; dänisch".

JACOB *(schreibt)* „Jacob; Abwasch" und „dänisch".

KASPER Was soll denn der Quatsch?

MAREN Ja, nun mach schon!

KASPER *(trägt sich widerstrebend ein)* „Kasper; was eben so anliegt." Deutsch/dänisch ist Quatsch. Ich brauch eine neue Kategorie: „Weiß nicht"! *(schreibt)* „Weiß nicht".

JOHANNE *(streicht ihren Namen in der Kategorie „dänisch" durch und unter „weiß nicht" ein)* Gute Idee! Auch „weiß nicht"! *(bekommt einen bösen Blick von MAREN und fügt „Bad putzen" hinzu)* „Bad putzen".

MAREN Und nun du, Anna?

ANNA-KATRINE zögert. Peinliches Schweigen. Pause.

JACOB Ich glaube, ich zeige Anna mal ganz in Ruhe unsere Wohnung. Einverstanden?

JOHANNE, KASPER und MAREN gehen alle gereizt und genervt mit Stühlen aus dem Raum.

JACOB Du musst denken, wir sind furchtbar.

ANNA-KATRINE Ihr seid … speziell.

JACOB Du untertreibst! Nach der Vorstellung eben könnte ich gut verstehen, wenn …

ANNA-KATRINE Wenn was?

JACOB Na ja, wer möchte schon mit solchen Idioten zusammenwohnen? … Wir würden uns freuen, so eine wie dich hier wohnen zu haben. Ich würde mich auf jeden Fall sehr freuen. Du würdest uns guttun, glaube ich.

ANNA-KATRINE Jetzt rede euch nicht so runter. Ich will hier immer noch gerne einziehen.

JACOB *(ungläubig)* Was? Du willst hier trotz unserer Macken einziehen?

ANNA-KATRINE Na ja … *(lächelt etwas)*

JACOB Schön … *(lächelt etwas mehr)*

ANNA-KATRINE Äh … ja? Wieso?

JACOB *(schaut sie verträumt an)* Nur so.

ANNA-KATRINE Wolltest du mir nicht die Wohnung zeigen?

JACOB Komm mit. Also das hier ist die Küche …

JACOB und ANNA-KATRINE in die Umkleide, dann JOHANNE; die übrigen bleiben im Gegenwarts-Kostüm.

III: DÜPPEL, APRIL 1864

S *(erheben sich von den umgedrehten Gerüsten)* Alles dreht sich und alles hat man schon mal gesehen auf dieser Welt; 155 Jahre früher:

(Chor macht Marschiergeräusche.)

S 4 *(als deutscher Feldprediger)* Deutsche
Soldaten,
S 2 *(als dänischer Feldprediger)* Danske Soldater,
ihr, die ihr in den Kampf zieht, empfangt die
Kraft des Glaubens und das Wort des Herrn!
I kampens hede og vinterens kulde har I udstået strabadserne.
Preußen und der König danken euch!
Danmark og kongen er jer taknemmelige!
Hvad de kommende dage vil bringe, står i Gud Faders hånd.
Sollte das Schwerste geschehen, sind wir
des Eingangs in die himmlischen Wohnungen sicher.
Glem ikke at den, der giver sit liv for pligtens skyld
ikke skal frygte når han efter døden står foran

Jesus, Gottes größtem Streiter.

Jesus, Guds stærkeste stridsmand.[10]

S *(in soldatischem Ton)* Amen!

S 3 *(kommt vom Gerüst an den Bühnenrand)* Anna-Katrine, die Bauerntochter aus der Gegend von Hadersleben, schreibt am 4. April 1864 einen Brief an ihren Mann Jacob, der als Verstärkungsmann zum 22. Regiment an den Düppeler Schanzen eingezogen wurde.

ANNA-KATRINE *(liest am linken Bühnenrand)* Lieber Mann. Ich kann dich Gott sei Dank wissen lassen, dass es mir besser geht, aber meine Sehnsucht nach dir liegt schwer auf meinem Herzen, lieber Mann; möge Gott dir helfen und dich stärken und beschützen, darum bitte ich unseren Herrn. Gebe Gott uns Frieden, bis du zu mir und unserem kleinen Kind nach Hause kommst: Eine größere Freude könnte ich auf dieser Erde nicht empfinden. Lieber Mann, ich kann es kaum länger aushalten. Schreibe bitte so bald wie möglich. Ich bin bange, dass du kein Geld mehr hast und die Briefe nicht abschicken kannst. Lieber Mann, viele liebe Grüße an dich von deiner bis in den Tod treuen Frau. Schreibe bald zurück! Anna-Katrine K.

S 9 *(Reporter)* Und wie haben Sie sich damals gefühlt?

Pause

KRIEGSVETERAN, DÄN.[11] **(S 10)** Sie fragen so seltsam. *(Pause, dann zögernd)* Wir waren von dem unablässigen Kanonenbeschuss jetzt so taub, und wir sahen aus, als hätten wir in einem Misthaufen gelegen – was ja auch der Fall war. *(Pause)* Nachts hörten wir, wie die Preußen gruben und in der Erde wühlten, nur ein paar hundert Schritte vor unserer Brustwehr.

10 Dänische Soldaten, in der Hitze des Kampfes und in der Kälte des Winters habt ihr Strapazen ausgehalten. Dänemark und der König sind euch dankbar! Was die kommenden Tage bringen werden, steht in Gottes Hand. Vergesst nicht, dass der, der sein Leben für die Pflicht gibt, sich nicht fürchten muss, wenn er nach dem Tode vor Jesus, Gottes größtem Streiter, steht.

11 Abkürzung für „dänisch".

JACOB *(am rechten Bühnenrand)* Er stand ganz ruhig da und redete mit mir, und plötzlich kam eine Granate und der Kopf war weg. Ein unheimlicher Anblick, aber mit so etwas müssen Soldaten sich abfinden.

KRIEGSVETERAN, DÄN. Wir glaubten, nun kämen sie, und ich kann mich erinnern, wie meine Finger juckten. Aber sie kamen noch nicht. Sie deckten uns nur mit ihren Granaten ein.
Pause
Es war, als würde sich ein Schleifstein in meinem Kopf drehen, und er dreht sich immer noch, wenn ich daran denke.

S 9 Und was haben Sie empfunden, als die Deutschen angriffen?

Lange Pause

KRIEGSVETERAN, DÄN. Das weiß ich nicht ... *(sehr lange Pause)* Sie kamen in langen Reihen vor uns aus dem Boden, sprangen ebenso schnell auf, duckten sich und stürmten los ... Wir schossen ihnen mit unseren Gewehren ins Gesicht, und dann waren sie unter uns. *(holt tief Luft, Pause)*

S 9 Und was haben Sie empfunden, als Sie die Dänen angriffen?

KRIEGSVETERAN, DT.[12] **(S 8)** Wir schlugen sie nieder, aber sie standen wieder auf. Sie kämpften hart und es waren so entsetzlich viele. Ich weiß, dass ich ihnen direkt ins Gesicht gesehen habe, und doch erinnere ich mich nicht an ein einziges Gesicht wirklich. Sie knirschten mit den Zähnen und brüllten ... *(Pause)*

KRIEGSVETERAN, DÄN. Wir kämpften auf der Brustwehr und unten in der Schanze.

KRIEGSVETERAN, DT. Solange wir noch Gewehre hatten, benutzten wir sie, wie richtige Soldaten. Ich behielt meins, aber ich sah andere neben mir, die mit geballter Faust zuschlugen oder sich gegenseitig in die Kehlen bissen.

12 Abkürzung für „deutsch".

KRIEGSVETERAN, DÄN. Ein großer, hübscher preußischer Kerl sprang mit seinen Stiefeln auf die Brust eines unserer Männer und zertrampelte sein Gesicht.

KRIEGSVETERAN, DT. Ich jagte ihm mein Bajonett in den Bauch, er fiel auf mich, und ich musste mich mit einem Stiefeltritt befreien. Tritt um Tritt, aber im Grunde mag ich nicht daran denken …

Beide Veteranen verharren schwer atmend in der letzten Pose bis zum Umbau.

S 5 Johanne wächst in einem schlichten Zuhause auf. Von früh auf hat sie ein Herz für Not und Elend um sich her. Es war stets eine Auszeichnung und eine Belohnung für das Kind, die Mutter zu den Bedürftigen zu begleiten. So senkte die Mutter die ersten Körnlein der Nächstenliebe in das Herz ihrer Tochter … Und im warmen Sonnenschein ihrer Jugend keimte der Wunsch, sich zur Krankenpflegerin ausbilden zu lassen.

JOHANNE *(reinigt OP-Besteck)* Das Herz stand mir still, als ich zuerst in diese Pesthöhlen des Lazaretts trat – solch menschliches Elend habe ich noch nie gesehen! Ich habe zu viel Elend gesehen … zu viel menschliches Elend habe ich gesehen. Ich werde diesen Pesthauch nicht mehr los. Ich scheuere mir die Haut vom Leibe, ich bade mich in Lavendel-Essenzen, ich beträufle mich mit Zitronenduft, aber immer wieder stinke ich nach den Pesthöhlen … Ich bade meinen Leib in Kölnisch Wasser … aber der Gestank ist in mir und sickert durch meine Poren … er sickert unter meinem Scheitelbein hervor … Scheitelbein … *(blättert in einem Klemmbrett mit Krankenberichten; liest)*

Fall 9. Schussfraktur des Scheitelbeines. Tiefes Eindringen eines Knochenstückes in das Gehirn. Tod nach sieben Tagen.

Füselier[13] Leppin vom 24. Regiment wurde am 18. April verwundet und in Rinkenis aufgenommen. Das linke Scheitelbein ist dicht

13 Unterer Dienstrang in der preußischen Armee.

neben der Pfeilnaht durchbohrt. Auf und neben der Wunde liegt Gehirnsubstanz, in derselben einige Knochensplitter, welche entfernt werden. Die Kugel ist nicht zu finden. Der Verwundete kann nur unverständlich lallen, aber das Bewusstsein ist nicht aufgehoben. Er beantwortet Fragen durch Kopfnicken. Leppin hat noch eine Verletzung am rechten Unterarm. Die Qualen, welche diese Verletzung verursachte, wurden mittels der Amputation im oberen Drittheil des Unterarmes *(kurze Pause)* beseitigt. *(verstummt, S 5 nimmt Klemmbrett, fährt fort)*

S 5 Aus der Schädelwunde fließt dünner Eiter mit Hirnsubstanz gemischt. Am 23. April wird das Sekret jauchig. Die Glieder scheinen teilweise gelähmt. Am 24. April fadenförmiger Puls, Umherwerfen des Kopfes, tiefe seufzende Atemzüge. Tod am 25. April. Die Amputationswunde verlief regelmäßig bis zum Tage vor dem Tod, wo auch sie zu jauchen anfing.

S bauen Kulisse zu Lazarett-OP um.

JOHANNE Ich habe mich meiner Aufgabe gestellt, jeder einzelnen Aufgabe, ich wollte es gut machen … besser, ich war ihr aber nicht gewachsen. Und jetzt wenden sich die Menschen von mir ab. Ich habe zu viel Elend gesehen. *(unauffällig ab in die Umkleide)*

S 3 *(liest)* Friedens-Traktat zwischen Österreich, Preußen und Dänemark vom 30. Oktober 1864: Seine Majestät der Kaiser von Österreich, seine Majestät der König von Preußen und seine Majestät der König von Dänemark haben beschlossen, die am letztvergangenen 1. August unterzeichneten Präliminarien in einen definitiven Friedensvertrag umzuwandeln.

S 8 *(liest)* Aus Friedrich von Esmarchs Handbuch der kriegschirurgischen Technik:

Etwa sieben Sprecher folgen den Anweisungen, nehmen Aufstellung.

S 8 *(liest)* I. Allgemeine Regeln für die Amputation

a) Vorbereitung

1. Jedem Assistenten wird seine Funktion und seine Stellung zugewiesen. Der Patient wird so gelagert, dass er gut zu chloroformieren ist und dass der Operateur und die Assistenten hinreichend Platz haben.

2. Die Schnittfläche des amputierten Gliedes muss dem vollen Lichte zugekehrt sein.

Der Operateur steht am vorteilhaftesten so, dass das amputierte Glied nach der rechten Seite hinabfällt.

3. Vor Beginn der Operation wird die Haut in der Gegend der Amputationsstelle rasiert, auf das Sorgfältigste mit Seife und Bürste gereinigt und danach mit starker Carbollösung gründlich gewaschen.

4. Mit eintretender Narkose wird die Extremität bis weit über die Amputationsstelle hinaus blutleer gemacht und dann nach Abnahme der Wickelbinde noch einmal mit Carbollösung gewaschen.

S 3 *(liest)* Friedens-Traktat Artikel III: Seine Majestät der König von Dänemark verzichtet auf alle seine Rechte auf die Herzogtümer Schleswig, Holstein und Lauenburg zu Gunsten Ihrer Majestäten des Kaisers von Österreich und des Königs von Preußen und verpflichtet sich, die Verfügungen, welche Ihre genannten Majestäten hinsichtlich dieser Herzogtümer treffen werden, anzuerkennen.

S 8 *(liest)* Handbuch der kriegschirurgischen Technik:

b) Durchschneidung der Weichteile

Die Weichteile müssen so getrennt werden, dass sie den abgesägten Knochen reichlich bedecken …

S 3 *(laut)* Nach dem Fall der Düppeler Schanzen schrieb Jacob an Anna-Katrine von Langeland aus:

JACOB Liebe Frau, ich war doch sehr glücklich dran, dass ich aufs Hospital kam, damals, als es so hart herging bei Düppel. Noch ist man sich nicht wirklich im Reinen mit der Beschaffenheit der Wunde und ob eine Amputation notwendig werden wird, aber wir wollen das Beste hoffen.

S bauen Gerüste zurück.

S 2 *(liest)* Die Berliner Zeitung berichtet, am Abend des siegreichen Tages herrschte ein „reges Leben. Eine Anzahl von Privat- und öffentlichen Gebäuden war beflaggt und abends illuminiert. Kurz nach acht Uhr wurden im Lustgarten aus sechs Geschützen 101 Schüsse abgefeuert."

S auf die Gerüste; singen/grölen von oben.

S 3 *(liest)* Unter den Linden wogte eine zahlreiche Menschenmenge auf und nieder, namentlich auch vor dem Palais des Königs, der nach neun Uhr mit der Königin auf den Balkon heraustrat, die versammelte Menge grüßte *(S rufen „Heil, mein Kaiser!")* und, sich über die Brüstung lehnend, sprach: „Wir wollen der braven und tapferen Armee ein ‚Hurra' *(S: Hurra!)* bringen", worauf die Menge durch lebhaften Zuruf erwiderte und das Lied „Schleswig-Holstein" anstimmte. Später wurde auch das „Heil dir im Siegerkranz" gesungen. Das lebhafte Treiben währte bis zu später Nachtstunde.

(Chor singt/grölt)
„Heil dir im Siegerkranz"
(anschließend leise von den Gerüsten herab, bleibt dahinter stehen)

JACOB sitzt/kauert, seufzt, Auftritt ANNA-KATRINE.

ANNA-KATRINE Hallo, ist da jemand? *(Pause. Entdeckt Jacob)* Was machst du denn hier? Steh doch auf! Ich dachte, da ist ein Toter! *(Pause)* Gott sei Dank: Du lebst noch!

JACOB Ja, lebe noch …

ANNA-KATRINE Steh doch auf. Ich helfe dir! Sonst wirst du zu deinem Schatten, ein ganz blasser Schatten … Ein sehr müder, blasser Schatten … Bist du stumm geworden? Ein stummer Frosch? Ein blasser stummer Frosch? Du kannst jetzt nicht sitzen bleiben! Steh auf, du bist gesund zurückgekommen, wir brauchen dich!

JACOB Ich kann dir das wirklich nicht erklären, weil du es einfach nicht verstehen kannst. *(Pause)* Es war, als würde sich ein Schleifstein in meinem Kopf drehen, und er dreht sich immer noch, wenn ich daran denke.

ANNA-KATRINE Du siehst traurig aus … Ich könnte heulen, wie du mich so ansiehst mit deinen trostlosen Augen. Sag was, sag was, bitte sag was, irgendwas. Es braucht keinen Sinn zu haben, aber sag was, sag was, sag was, sag was, Jacob!

JACOB Ich schau dich gerne an. Aber ich höre so schlecht … kann kaum noch hören … Sie deckten uns mit ihren Granaten ein, bis der Tag graute, das war das Furchtbarste, was ich je erlebt habe. *(Pause)* Es war, als würde sich ein Schleifstein in meinem Kopf drehen.

ANNA-KATRINE Sei still, sei still, komm zu mir, her zu mir. Sieh dir dein Kind an. Wir brauchen dich.

JACOB *(Pause)* Kasper stand ganz ruhig da und redete mit mir, und plötzlich kam eine Granate und der Kopf war weg.

ANNA-KATRINE Sei still, sei still, komm ins Haus und sieh dir dein Kind an.

JACOB bewegt sich nicht.

ANNA-KATRINE Jacob … komm mit. Bitte. Bitte komm mit, Jacob!

JACOB reagiert nicht.

ANNA-KATRINE Jacob … Ich hole jetzt unser Kind, Jacob. Ich hole jetzt unser Kind. Bleib hier. Ich komme gleich.

ANNA-KATRINE geht ab. Pause. Nach einiger Zeit spricht JACOB.

JACOB Wir schlugen sie nieder, aber sie standen wieder auf. Sie kämpften hart und es waren so entsetzlich viele. *(Pause)* Kasper. Mein Freund Kasper …, den ich überredet habe, mit mir in den Krieg zu ziehen. *(Pause)* Ich lebe. Kasper ist tot.

S Schhhhhhhhhhhh!

Die SPRECHER gehen langsam auf Jacob zu und sprechen die Texte schnell.

S 3 Jacob …
S 2 Jacob …
S 1 Jacob …
S 4 Sag …
S 4 Sag das nicht.
S 5 Jacob.
S 9 Sag das nicht.
S 4 Nein.
S 2 Du bist …
S 5 Du bist nicht schuld.
S 4 Schuld.
S 1 Hätten …
S *(harter Tonfall)* Die Preußen!
S 3 Nicht angegriffen …
S 1 Hätten sie nicht angegriffen …
S 2 Wäre Kasper noch da.

S 4 Kasper würde noch leben, wenn …

S *(harter Tonfall)* Die Preußen!

S 4 Nicht angegriffen hätten.

S 3 Jacob …

S 5 Jacob.

Pause

S *(harter Tonfall)* Die Preußen sind schuld!

ZWISCHENSPIEL: JOHANNE IM BADEZIMMER

S *(von unten)* Alles dreht sich und alles hat man schon mal gesehen auf dieser Welt; 155 Jahre später:

S ziehen sich auf umgedrehte Gerüste zurück; JACOB ab.

KASPER *(will ins Bad, muss mal, besetzt, klopft an die Badezimmertür, ungeduldig)* Dauert's noch lange?

JOHANNE Ja, Moment noch …

KASPER „Moment noch" geht nicht, ist eilig. *(Pause)* Echt eilig. *(Pause; ungeduldig)* Kannst du mal hinmachen?

JOHANNE Jahaa, Moment noch …

ANNA-KATRINE Hallo, Kasper, stehst du an? Nee, echt jetzt? *(Pause)* Wer ist drin?

KASPER Na, wer schon wieder? Dauernd blockiert sie das Klo!

ANNA-KATRINE Ja, echt! Dauernd!

KASPER Was macht die da denn immer?

ANNA-KATRINE Na, was schon!

KASPER Nee, echt jetzt! Das stinkt dann immer nach …

ANNA-KATRINE Na ja, ist eben menschlich.

KASPER Nee, eben nicht menschlich, das riecht nach … *(schnuppert)* Lavendel, nach …

ANNA-KATRINE *(schnuppert)* … nach Kölnisch Wasser …

KASPER … nach Zitrone … und dauernd sterilisiert sie sich die Hände. *(Pause)* Gut, langsam atmen, dicht halten …

Beide halten die Luft an, stehen x-beinig, rufen gemeinsam.

ANNA-KATRINE, KASPAR Johanne, mach hin!

Auftritt JACOB; JACOB beobachtet vom Rand aus die Szene.

JOHANNE *(Tür öffnet sich, Johanne erscheint sichtlich geniert mit Putzeimer und Handschuhen in der Hand; versprüht Kölnisch Wasser.)* Na ja, Entschuldigung …

JOHANNE will gehen. KASPER verschwindet schnell im Bad.

ANNA-KATRINE *(will helfen)* Sag mal, Johanne, was ist denn das immer mit dir? Was soll das ewige Waschen? So dreckig ist es hier doch gar nicht.

JOHANNE *(ausweichend)* Oh, hallo, ihr zwei! Ich mache gleich Abendessen. *(geht ab)*

JACOB Hat sie dir das nie erzählt?

ANNA-KATRINE Was denn?

JACOB Na, die hat Sachen erlebt, also als Krankenschwester in Afghanistan … Da würde ich gar nicht mehr aus der Dusche rauskommen.

MAREN Guten Abend allerseits! Ich, äh, ich muss …

MAREN wird unterbrochen von FRIEDA, die hereingetrampelt kommt.

FRIEDA Fuck man! Was ein fucking abgefucktes Scheißwetter!

MAREN Äh, darf ich vorstellen: meine Cousine Frieda aus Berlin.

FRIEDA bemerkt, dass alle sie anstarren.

FRIEDA Oh, hey! *(gibt JACOB die Hand)*
Du musst Jacob sein. *(JACOB nickt.)* Hab ich mir schon gedacht, dass

du das bist. *(JACOB sieht verwirrt aus. FRIEDA geht weiter und gibt den anderen die Hand und spricht dabei.)* Ja, ich werde ja hier wohnen die nächste Zeit. Hab so eine Ausstellung laufen im Kunstmuseum bis Januar. Und wegen – ihr wisst schon – family connections – penne ich hier auf eurem Sofa. *(schmeißt sich auf den Stuhl neben Kasper)*

JOHANNE Natürlich darfst du hier auf unserem Sofa schlafen.

FRIEDA Hab ich mir gedacht. Deswegen hab ich auch gar nicht gefragt.

ANNA-KATRINE Herzlich Willkommen, Frieda. Ich glaube, wir freuen uns alle darüber, dass du hier einziehst.

FRIEDA Ja. Ihr freut euch ALLE. Nicht wahr, Maren? *(schaut zu Maren)*

MAREN *(lächelt falsch)* Selbstverständlich, ja.

JOHANNE Aber das ist doch kein Problem, wir schaffen das!

KASPER Danke, Merkel!

ANNA-KATRINE Sagtest du „Ausstellung"?

FRIEDA Jaha! Die Kusine von Maren ist Künstlerin. Sollte man nicht glauben, was? Aber ja, hab grade so eine neue Idee am Laufen. Ich kann euch die mal zeigen. *(Sie kramt in ihrer Tasche, präsentiert einen lebenden Goldfisch im Mixer.[14] Die anderen schauen aufmerksam zu.)*

FRIEDA Tadaaaaa! Das wird ausgestellt!

Erstauntes und empörtes Schweigen

JOHANNE Aber, wenn jemand auf den Knopf drückt ...

JACOB Da ist ja ein Fisch drinne.

MAREN Das nennt sich Kunst?! Also abgesehen davon, dass man das Kunstmuseum wegen Tiermisshandlung verklagen kann, sehe ich da absolut keine Kunst.

ANNA-KATRINE Ich find's genial!

KASPER Ich auch. ... Aber natürlich wird auf den Knopf gedrückt. Die Versuchung ist zu groß.

JACOB Wie bitte?

JOHANNE *(abwesend)* Das ist wie ... wenn Menschen ein Gewehr in die Hand bekommen, dann haben sie Macht ...

14 In Anlehnung an ein Kunstprojekt von Marco Evaristti.

Schweigen

FRIEDA *(schreit plötzlich)* Mach das aus!

JACOB Johanne? Alles okay bei dir …?

JOHANNE *(abwesend)* Ich habe ganz vergessen, den Kühlschrank sauber zu machen. Ich muss den Kühlschrank saubermachen. *(geht)*

ANNA-KATRINE Vielleicht solltest du das *(meint den Goldfisch-Mixer)* erstmal nicht hier stehen lassen, Frieda. Das tut Johanne nicht gut.

KASPER Kurze Frage: Wenn Johanne jetzt den Kühlschrank saubermacht, wer macht denn Abendessen jetzt?

JACOB Wir alle. Das kann gemütlich werden.

Alle gehen ab. FRIEDA *nimmt den Mixer mit.*

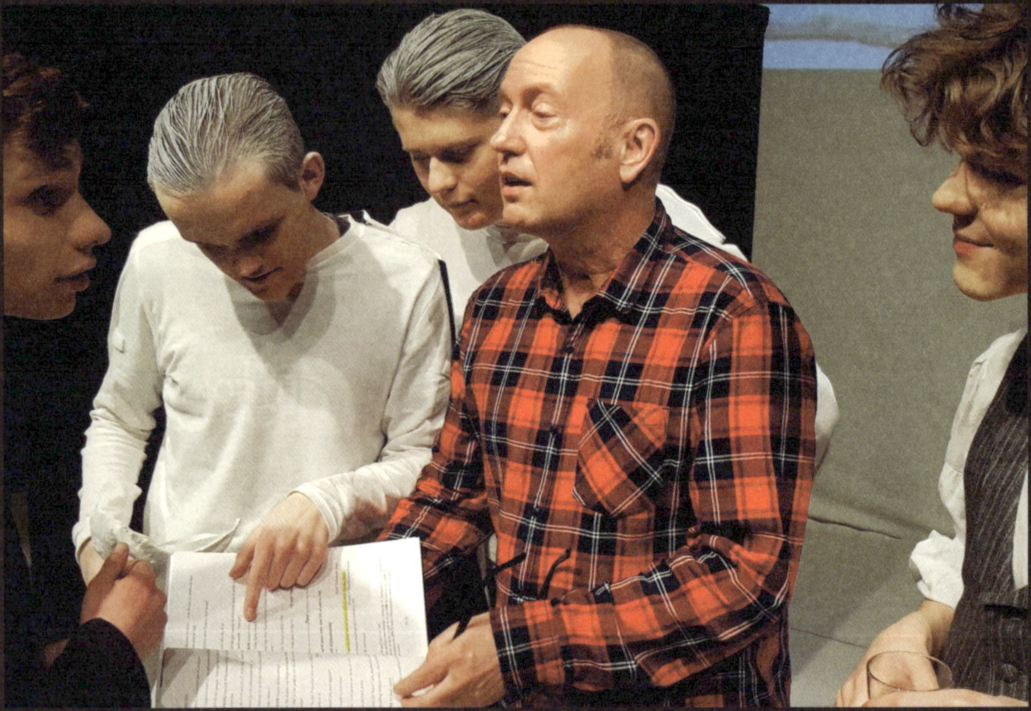

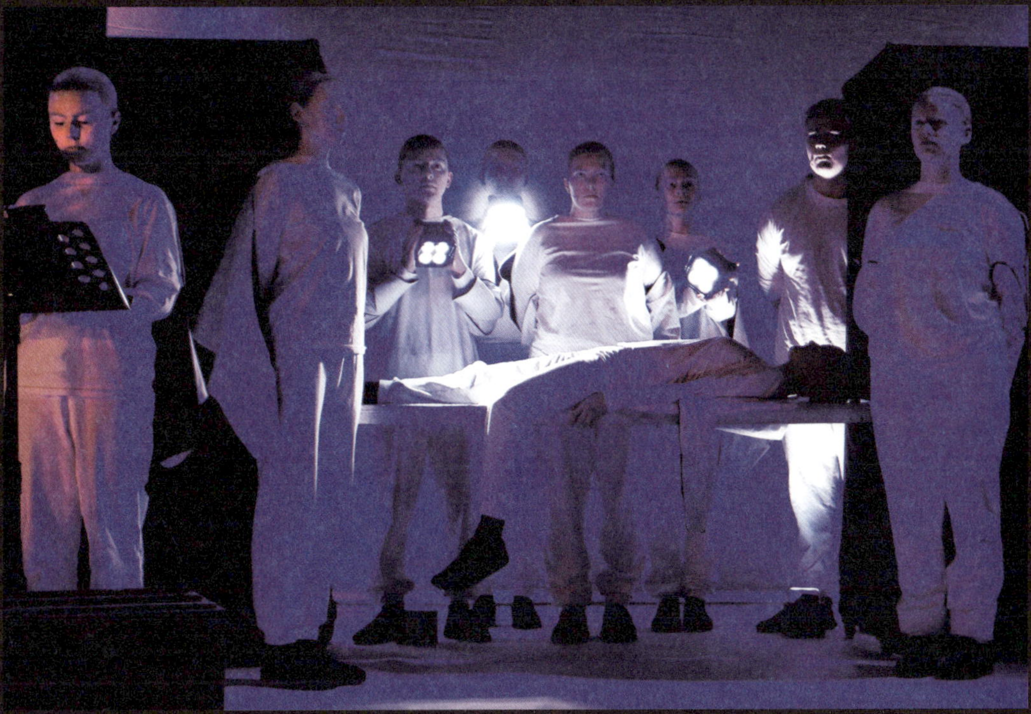

National

S *(von den Gerüsten)* Alles dreht sich und alles hat man schon mal gesehen auf dieser Welt; 122 Jahre früher:

S 1 Ausweisungen dänischer Staatsbürger aus Nordschleswig 1898

S 2 a) Grundsätze für Ausweisungen.

S 3 Geheim.

S 4 Gravensteiner Protokoll vom 3.10.1898. In der unter dem Vorsitz des Herrn Oberpräsidenten von Köller am 29. September dieses Jahres in Gravenstein stattgefundenen Konferenz, an der die Landräte der Kreise …

S 9 Hadersleben …

S 3 Apenrade …

S 6 Sonderburg und …

S 7 Tondern teilgenommen haben, sind folgende Grundsätze vereinbart worden:

S 5 Erstens: Ausländer, insbesondere Optanten[15] und Geburtsdänen, welche an den demonstrativen Massenausflügen nach Dänemark teilnahmen, sind, gleichviel welchen Standes sie sind, auszuweisen.

S 6 Zweitens: Desgleichen sind Personen der zu erstens bezeichneten Art auszuweisen, wenn sie an irgendwelchen politischen Demonstrationen teilgenommen haben. Als politische Demonstration ist schon jede Kundgebung anzusehen, die bezweckt, dänische Sympathie zu erwecken.

JACOB *kommt in schnellen Schritten auf die Bühne.* ANNA-KATRINE *folgt ihm.*

JACOB Es ist mir vollkommen egal, was wir dürfen und was nicht mehr dürfen. Wir waren zuerst hier, verdammt noch mal!

ANNA-KATRINE Reg dich ab, Jacob. Die Kinder schlafen!

JACOB *(sehr laut und wütend)* Nein, ich reg mich verdammt noch mal nicht ab! *(etwas leiser)* Anna, die Deutschen haben schon den Ver-

15 Optanten: dänische Staatsangehörige, die in Nordschleswig wohnen.

sammlungshäusern verboten, Alkohol auszuschenken, damit wir uns da nicht mehr versammeln und ... dänisch sein dürfen!

ANNA-KATRINE Du tust so, als würde ich das alles gutheißen. Als wäre ich ein Befürworter der Deutschen. Ich möchte das doch auch alles nicht. Jeg vil da også have lov til at kunne være dansk.[16]

JACOB *(geht schnell zu Anna-Katrine hin und nimmt ihre Hände in seine)* Ja, dann lass uns alle einladen. Lass uns alle unsere dänischen Freunde einladen und *(er redet schneller und schneller)* zusammen Kaffee trinken und Kuchen essen und dänische Lieder singen und ... zusammenhalten.

ANNA-KATRINE Das ist verboten, Jacob. Wir dürfen uns nicht versammeln und dänisch sein. Und das weißt du auch. Aber du verstehst nicht, dass man sich mal für das Wohle seiner Kinder oder Frau anpasst und nichts Verbotenes macht.

JACOB Du forderst mich gerade dazu auf, mich anzupassen? Nachzugeben? *(wütend)* Anna, verdammt noch mal, jetzt wach endlich auf! Sie haben uns alles genommen! Unser Land, unsere Identität, unsere Freunde! Kasper ist fünf Meter neben mir von einer Granate getroffen worden!

ANNA-KATRINE Was ist nur mit dir los? *(Pause)* Nein ... Was hat dieser Krieg nur aus dir gemacht?

JACOB Anna Katr...

ANNA-KATRINE Du bist wütend. Du hast eine Wut in dir. Das bist du doch nicht. Das ist doch nicht der Jacob, den ich kennengelernt habe.

Schweigen

S 1+2 Name, Vorname:

S 7 Plong, Henrik.

S 1+2 Angaben zur Person:

S 3 Kuhhirt in Poehl, Kreis Sonderburg, 20 Jahre alt, Däne.

S 1+2 Verfügende Behörde:

S 4 Landrat in Sonderburg, 4. November 1898.

16 Ich will auch das Recht haben, dänisch zu sein.

S 1+2 Frist bis zur Ausführung:

S 5 Drei Tage.

S 1+2 Gründe der Ausweisungsverfügung:

S 6 Der Arbeitgeber ist einer der verbissensten Führer der Dänenpartei. Aus dem Staatsgebiet verwiesen!

JACOB Anna, ich will nur Gerechtigkeit … *(wird unterbrochen)*

ANNA-KATRINE Geh nur die anderen einladen. Bei uns um drei Uhr, kannst du ihnen sagen. Ich gehe jetzt in die Küche und bereite alles vor. So wie du es dir wünschst. *(geht ab)*

S 1+2 Name, Vorname:

S 7 Bramsen, Jens Petersen.

S 1+2 Angaben zur Person:

S 4 Klempnergeselle, Christiansfeld, Hadersleben, ca. 20 Jahre, Däne.

S 1+2 Verfügende Behörde:

S 9 Landrat Hadersleben 4. November 1898.

S 1+2 Frist bis zur Ausführung:

S 3 24 Stunden.

S 1+2 Gründe der Ausweisungsverfügung:

S 4 Weil lästiggefallen.

Der Tisch ist schön gedeckt, und es stehen schon mehrere Kuchen auf ihm. Auftritt JOHANNE *und* JACOB. *Die Leute begrüßen sich mit „møjn" und schnacken miteinander.* ANNA-KATRINE *und* JOHANNE *decken den Tisch mit Kuchen und Torten und Boller und Keksen.*

ANNA-KATRINE Wir haben sieben trockene, sieben weiche und zwei, vier, sieben harte. Gut, dann können wir anfangen! Velbekomme!

JACOB Det lye' godt, så er vi klar te æ gæste' komme. Det en galt store glæe for vos, Anna-Katrine og mæ![17]

S 1+2 Name, Vornamen:

17 Das hört sich gut an, nun sind wir bereit, dass die Gäste kommen. Das ist eine sehr große Freude für uns, für Anna-Katrine und mich.

S 7 Schmidt, Nils Petersen nebst Ehefrau Magrete und Tochter Alma.

S 1+2 Angaben zur Person:

S 3 Hufner in Lauensby, Kreis Sonderburg, 59 Jahre alt, Däne, 64 Jahre alt, 28 Jahre alt.

S 1+2 Verfügende Behörde:

S 4 Landrat in Sonderburg, 17. November 1898.

S 1+2 Frist bis zur Ausführung:

S 5 14 Tage.

S 1+2 Gründe der Ausweisungsverfügung:

S 6 Schmidt hat sich mehrmals deutschfeindlich gezeigt, seine naturalisierten beiden Söhne haben nach Erfüllung ihrer Militärpflicht alle dänischen Bestrebungen offen unterstützt und an allen Protestversammlungen teilgenommen. Aus dem Staatsgebiet verwiesen.

Alle S steigen von den Gerüsten.

JOHANNE serviert Kekse und Kuchen, alle Rollenspieler fangen an zu essen, die S gucken (neidisch) zu. Die Stimmung ist gut. Plötzlich klopft es an der Tür. Schreckstarre; MAREN kommt herein.

MAREN Anna? Ich komme wegen der Eier … *(sieht die Versammlung am Tisch sitzen)* Oh, ihr habt Gäste … Verzeiht, dass ich einfach so reinplatze.

ANNA-KATRINE Ach, Maren … ich, ähm … ich wusste gar nicht, dass du heute vorbeikommen wolltest … *(hat deutlich schlechtes Gewissen)*

MAREN Du hattest gesagt, dass ich einfach vorbeikommen kann, wann immer ich Eier brauche … *(bitter)* Aber ich kann schon sehen, dass ich hier nicht erwünscht bin.

Pause

ANNA-KATRINE *(traurig)* Maren …

JACOB steht auf.

JACOB Hva' ve' då her?[18]

MAREN Tu nicht so. Wir haben immer deutsch miteinander gesprochen.

JACOB Anna-Katrine, ka' då forstå hva hun seje?[19]

ANNA-KATRINE Jacob, lass das!

JACOB I mit hus taler man dansk,[20] selbst deutsche Verräter wie du müssen das!

MAREN *(kalt)* Ich komme morgen nochmal wegen der Eier. Schönen Tag noch und guten Appetit.

MAREN geht ab und die Stille bleibt. Alle Blicke richten sich auf ANNA-KATRINE.

JOHANNE *(überrascht)* Du hast Kontakt zu Maren?

ANNA-KATRINE schaut Jacob an.

JACOB *(erwidert Anna-Katrines Blick)* Ja, dass ich sehr von dir enttäuscht bin, muss ich dir wohl nicht sagen.

FRIEDA steht auf, will gehen.

ANNA-KATRINE Was machst du, Frieda?

FRIEDA Was ich mache? Ich gehe. Ich verbringe hier in dieser Stube keine Sekunde länger.

JACOB Aber warum, Frieda? Stehst du auf Marens Seite?

FRIEDA Himmelherrgott nein! Mir geht nur euer dämlicher Nationalitäten-Streit total gegen den Strich! Deutsch – dänisch – ich weiß nicht, ist mir doch egal!

JACOB Ach so. Sobald es dir zu kompliziert wird, gehst du.

FRIEDA *(wütend)* Wenn ihr euch hassen wollt, bitteschön, aber dann bitte ohne mich!

ANNA-KATRINE Frieda, was soll das? Wir sind doch Freunde …

18 Was willst du hier?
19 Anna-Katrine, kannst du verstehen, was sie sagt?
20 In meinem Haus spricht man dänisch.

JACOB *(unterbricht sie)* Und dann sitzt ihr noch kurz am Küchentisch und schnackt über Gott und die Welt.

ANNA-KATRINE Nein, das tun wir nicht. Denn obwohl alle hier im Raum gerade vergessen haben, dass Maren noch bis vor kurzen unser aller Freundin war, würde ich das nie tun!

FRIEDA geht enttäuscht ab.

JACOB *(kalt)* Maren ist unsere Feindin.

ANNA-KATRINE Maren ist unsere Feindin? Wie kannst du so etwas sagen! Maren ist eine unserer engsten Freundinnen!

JACOB Du bist so naiv, Anna. Du bist so furchtbar naiv. Dennoch hätte ich nicht gedacht, dass du naiv genug bist, um auf Maren reinzufallen. Maren ist eine Verräterin. Sie ist deutsch und es würde mich nicht wundern, wenn sie auch noch zur Denunziantin geworden ist. Und wenn sie es noch nicht ist, dann wird sie es nach heute werden.

ANNA-KATRINE Wie meinst du das?

JACOB *(arrogant)* Tja, Anna. Ich habe den hohen Herren grade ziemlich viel Material geboten, um mich anzuzeigen.

s blicken sich an.

ANNA-KATRINE Das würde Maren nie tun. Nie. Hab Vertrauen!

JACOB *(lachend)* Oh doch, sie würde!

JOHANNE Und wie benehmen wir uns? Sie kommt hierher und wir sind hier versammelt, ihre ganzen alten Freunde, und sie ist als einzige nicht eingeladen?! Ist das Vertrauen?

JACOB *(lacht, ironisch)* Maren hat es natürlich schwer. Das tut mir natürlich sehr, sehr leid für sie.

ANNA-KATRINE Lass es sein. Jacob. Lass es einfach sein.

JACOB Lass du es sein, Weib!

ANNA-KATRINE ist traurig. JOHANNE geht zu ihr.

JOHANNE *(zu allen Gästen)* Ich glaube, wir sollen uns ein anderes Mal treffen, nicht wahr, Anna? Ich könnte ja mal zur Kaffeetafel einladen. *(Pause)* Und Maren … wird ihn schon nicht anzeigen, da kannst du dir sicher sein.

ANNA-KATRINE Bist du dir sicher?

JOHANNE Ganz sicher.

JOHANNE und ANNA-KATRINE gehen ab.

S nähern sich im Folgenden Jacob und weisen ihn aus.

S 1+2 Name, Vorname:

S 7 Svendsen, Jacob.

S 1+2 Angaben zur Person: SPR 4 Bauer in Oksenvad, Kreis Sommersted, 24 Jahre alt, Däne.

S 1+2 Verfügende Behörde:

S 9 Landrat in Hadersleben, 12. April 1899.

S 1+2 Frist bis zur Ausführung:

S 3 14 Tage.

S 1+2 Gründe der Ausweisungsverfügung:

S 4 Svendsen hat sich mehrmals deutschfeindlich gezeigt, hat sich mit Gleichgesinnten versammelt und dänische Kultur praktiziert.

S bauen um; im Folgenden S anfangs mit einzelnen Zwischenrufen wie „Lump", „Verräter", gegen Ende skandieren sie: „Nestbeschmutzer, Lügenpresse".

S 9 Aus der Presse. Die dänische Zeitung in Apenrade, Heimdal, schreibt am 1. März 1895:

S 10 *(Auftritt mit dänischer Fahne, von Buh-Rufen begleitet; liest)* Wir haben die preußische Regierung für die Ausweisungen verantwortlich gemacht. Man kann nicht länger daran zweifeln, dass nach einem bestimmten Plan gehandelt wird, der vom Oberpräsident von Köller stammt. Sicherlich hat das Berliner Tageblatt Recht, wenn es schreibt, dass Nordschleswig jetzt unter Zuhilfenahme von Zuckerbrot und Peitsche eingedeutscht werden soll. *(wird abgeführt)*

S 7 *(führt S weg, spricht)* Aus einem Vortrag Pastor Jacobsens aus Scherrebek, gehalten in der Kieler Ortsgruppe des Deutschen Vereins für das nördliche Schleswig, am 3. November 1898.

S 8 *(Auftritt mit schleswig-holsteinischer Fahne, von frenetischem Jubel begleitet; liest)* Meine Herren! Wer den Sieg erringen will, muss vor allem seine Gegner gründlich kennen und mit den Waffen derer bekannt sein, gegen die er fechten will. Der Feind nun, gegen den wir zu kämpfen haben, und zwar, wie einer der Führer des Deutschtums im Norden es sehr richtig ausgedrückt hat, einen Kampf, der bis aufs Messer zu führen ist, ist keineswegs die dänisch redende Bevölkerung Nordschleswigs – im Gegenteil, sie ist der Siegespreis, um den wir streiten. Der Feind, das sind die dänischen Agitatoren, die gegen alles Deutsche – gegen Staat und Kaiser aufstacheln. *(singt/ruft)* Heil dir im Siegerkranz, heil, mein Kaiser, dir! *(geht mit Fahne ab)*

S drehen Gerüste um, gehen hinauf.

S Alles dreht sich und alles hat man schon mal gesehen auf dieser Welt; 122 Jahre später: *(setzen sich)*

ZWISCHENSPIEL: DER GROSSE WG-STREIT

JOHANNE Leute, könnte ich kurz mal eure Aufmerksamkeit haben? Weil, Jacob und ich haben grade ein bisschen rumgerechnet, und es sieht so aus, dass jeder 4.000 Kronen Miete bezahlen muss.

Pause

KASPER Das ist aber schon ganz schön viel, oder?

JOHANNE Na ja … aber wir müssen ja irgendwie die Kosten decken. Strom, Wasser Internet … Ich mein, das läppert sich ja …

JACOB Vielleicht können wir bei Frieda ein bisschen weniger machen, weil ... ich mein, sie schläft ja nur auf dem Sofa.

MAREN Na ja, wir hatten aber sonst immer gesagt, dass wir alles teilen, ohne Ausnahmen zu machen. So ist es halt am unkompliziertesten.

FRIEDA Ja klar, aber ich muss jetzt nicht dafür bestraft werden, dass ich kein eigenes Zimmer habe, ja?

JOHANNE Ja, äh, dann ... dann machen wir bei dir nur 2.000 Kronen und ... lass mich rechnen ... 4.500 für die anderen, okay?

MAREN Ja, aber Moment, warum sollen wir jetzt mehr zahlen, nur weil Frieda kein eigenes Zimmer hat? Sie wohnt ja trotzdem genauso viel hier wie wir anderen.

ANNA-KATRINE Na ja, wir müssen die Kosten ja irgendwie verteilen, oder?

KASPER Also ich hab auch die letzten zwei Monate im Gemeinschaftsraum geschlafen, weil die Heizung in meinem Zimmer kaputt ist.

MAREN Ich schaue nie Fernsehen und dafür 4.500 Kronen?

JACOB Es ist ja auch nicht nur das Fernsehen. Es ist auch Internet, Wasser, Strom, die neue Waschmaschine ... Ach, Leute, jetzt lasst uns es nicht komplizierter machen ... Du, Frieda, *(schreibt)* du zahlst einfach 2.000 Kronen und ihr anderen 4.000 und den Rest bezahle ich diesen Monat, weil ich der einzige von uns bin, der schon Arbeit hat.

KASPER *(nimmt ihm den Stift weg)* Warte mal: Hast du grade gesagt, dass ihr auch die neue Waschmaschine mit reingerechnet habt?

ANNA-KATRINE Ja, wieso? Das wollten wir doch?

KASPER Ja, aber, wenn ich ehrlich bin, dann hab ich die noch kein Mal benutzt. Ich wasch doch nicht. *(Pause)* Ich brauch doch nichts waschen.

ANNA-KATRINE Entschuldige, Kasper, aber mit der Argumentation könnte ich natürlich auch sagen, ich zahl weniger, weil ich nur einmal die Woche dusche.

KASPER Ja, da hast du eigentlich Recht, aber ich brauch ein Sechzehntel von dem Wasser, was zum Beispiel Johanne braucht. Ja, gut, das ist jetzt natürlich blöd, dass ich eine der teuersten Leistungen gar nicht in Anspruch nehme.

MAREN Aber duschen tust du schon noch, oder, Kasper?

KASPER Ja, Maren, musst nicht gleich patzig werden. Ich hab's nicht so dicke wie du, und da muss ich leider mal ab und zu aufs Geld schauen.

MAREN Ja, und das liegt ja nur an dir selbst und deiner Faulheit! Ich will doch nicht dafür bestraft werden und mehr bezahlen, nur weil du zu faul bist, um dir endlich mal eine Arbeit zu suchen!

KASPER *(salutiert ironisch)* Jawoll, schon mal gehört: Disziplin, quadratisch, praktisch, gut: So seid ihr Deutschen! Und immer so effektiv!

MAREN „Disziplin", „ihr Deutschen", wie meinst du denn das, du ... du ... Hotdog ... du Schmörebröt!

JACOB Oh, oh, oh, jetzt beruhigen wir uns alle mal; Vorschlag zur Güte: Ich übernehme einfach die Kosten fürs Wasser. Das heißt, Johanne braucht nicht 4.000 Kronen von euch, sondern nur 3.000 Kronen und Frieda zahlt 2.000 Kronen, hm?

ANNA-KATRINE Aaaahh, Jacob, das musst du ... *(wird unterbrochen)*

FRIEDA Das ist ja wohl jetzt super unfair.

MAREN Und warum ist das bitte super unfair?

FRIEDA Ja, weil ich eben noch 2.000 Kronen weniger bezahlen sollte und jetzt nur noch 1.000 Kronen.

ANNA-KATRINE Ja, weil Jacob die kompletten Kosten fürs Wasser übernimmt!

FRIEDA Ja, ich find's halt doof, wenn die anderen für nur 1.000 Kronen mehr in ihren warmen Zimmern liegen können und fernsehen können und außerdem: Ich wurde gar nicht gefragt, ob ich für eine neue Waschmaschine für euch bezahlen will!

ANNA-KATRINE Wie in aller Welt schaffen wir es immer wieder, in dieser WG zu streiten? Was ist denn los mit uns? Warum glaubt jeder, er hätte mehr Recht auf etwas als der andere? Warum?

Pause

JACOB Wir streiten doch nicht durchgängig ... Das ist doch nur jetzt wegen der Miete, dass ...

ANNA-KATRINE Jacob. Schhhh. Du bist einfach nur konfliktscheu. Und wir anderen ... Was ist denn das ... ? Ist es, weil wir irgendwie alle innerlich glauben, wir wären wirklich besser als der andere? Das führt doch zu nichts!

FRIEDA Wir könnten uns deswegen die nächsten Jahrhunderte lang bekriegen und abschlachten, uns gegenseitig in die Kehle beißen, mit Bajonetten in den Bauch stechen und die Gesichter zertrampeln und die Eingeweide rausreißen und grillen … oder frittieren.

KASPER Schon ein bisschen eklig.

FRIEDA Ja, wäre etwas eklig, ja.

ANNA-KATRINE Ja, wir könnten es auch lassen, Frieda. Wir könnten uns auch einfach zusammenreißen. *(ab in Umkleide)*

JACOB Vielleicht wäre es besser, wir würden das mit der Miete ein paar Tage verschieben …?

Alle nicken, stehen still.

S kommen langsam und erstaunt herein, besehen sich die stillstehenden Spieler:

S *(zueinander)* Sie können sich streiten.

S *(zueinander)* Sie können sich streiten, ohne sich gleich totzuschlagen.

S *(zueinander, flüsternd)* Sie haben ihre Eckzähne wieder verloren.

S (zum Publikum, flüsternd) Sie gehen wieder in ihr altes Element zurück!

S freuen sich, lachen; Rollenspieler nach hinten ab.

FRIEDA *(sehr lauter und sehr empörter Schrei aus dem Off)* Wer war das?

Auftritt FRIEDA; präsentiert ihr Objekt dem Publikum von einem Tuch verhüllt. FRIEDA lüftet das Tuch: Der Goldfisch ist nur noch eine rote Brühe im Glas; Rollenspieler (bis auf ANNA-KATRINE) treten auf.

S *(zueinander)* Na ja, mit Rückschlägen muss man rechnen.

S *(zueinander)* Ganz so weit sind sie eben doch noch nicht.

S *(zueinander)* Sie sind aber auf dem richtigen Weg.

S *(zueinander)* Oder? *(kurze Pause)*

S *(zueinander)* Alles dreht sich und alles hat man schon mal gesehen auf dieser Welt; 100 Jahre früher: *(drehen Gerüste zum Saal, gehen hinter die gedrehten Gerüste)*

V: ABSTIMMUNG 1920

ANNA-KATRINES SCHLUSSMONOLOG

ANNA-KATRINE *steht und blickt in den Himmel.*

ANNA-KATRINE Mit den Störchen fing alles an. *(Pause)* Die Amphibien wurden müde, die Störche wurden wach. *(Pause)* Fahnen, jeder seine eigene im Wind, und in den Köpfen die Frage: Was bist du? *(Pause)* Und wir meinten uns entscheiden zu müssen. Eben waren wir noch Freunde – und schon wuchsen uns Zähne. Kasper war das erste Opfer … Dann war es an Jacob. Ausgewiesen und nicht wiedergekommen und ich allein und immer mehr Störche, immer mehr Fahnen, der Himmel wurde dunkel von Störchen. Überall bauten sie ihre Nester. Ein Sprichwort sagt: Baut der Storch sein Nest auf dem Kirchturm, ist Krieg zu erwarten. *(spricht ins Publikum)* Aber das habt ihr ja schon gehört. – Es war etwas im Anzug.

S treten je nach Text vor und sprechen.

S 3 Josef Dschugaschwili unterschreibt am 12. Januar 1913 erstmals einen Brief mit „Stalin". Das heißt übersetzt „Mann aus Stahl". Wenig später wird er in Wien ankommen und nachmittags durch den dicken Schnee im Schlosspark Schönbrunn stapfen, über den Marxismus nachdenken und darüber, wie die Revolution in Russland doch noch gelingen könnte. *(Storchen-Bewegungen)*

S 1 Und ja, in diesen Tagen streift auch tatsächlich der junge Adolf Hitler durch diesen verschneiten Park in Wien. Auch er hat weitreichende Pläne. *(Storchen-Bewegungen)*

S 2 Aber nein, wir wissen nicht, ob sich die beiden hier wirklich getroffen haben. *(Storchen-Bewegungen)*

ANNA-KATRINE Maren, unsere gute Freundin Maren! Erst Frosch, dann Kriechtier. *(Pause)* Ich bin ihr nach unserem Streit nicht mehr begegnet. Sie ist ihren Weg gegangen …

S 5 In der „Wochenzeitschrift für Deutschlands Jugend", der „Jungdeutschland-Post", schreibt Otto von Gottberg am 25. Januar 1913 allen Ernstes dies: *(Storchen-Bewegungen)*

S 10 Still und tief im deutschen Herzen muss die Freude am Krieg und ein Sehnen nach ihm leben, weil wir der Feinde genug haben und der Sieg nur einem Volk wird, das mit Sang und Klang zum Kriege wie zum Fest geht. *(Storchen-Bewegungen)*

S 5 Und weiter: *(Storchen-Bewegungen)*

S 8 Solchen Stunden wollen wir entgegengehen mit dem männlichen Wissen, dass es schöner, herrlicher ist, nach ihrem Verklingen auf der Heldentafel in der Kirche ewig fortzuleben als namenlos den Strohtod im Bett zu sterben. *(Storchen-Bewegungen)*

S 5 Otto von Gottbergs Fazit Anno 1913:

S Der Krieg ist schön.

Ab hier immer groteskere Storchen-Bewegungen, Horrorstörche! Die übrigen S springen von den Gerüsten.

ANNA-KATRINE Der Krieg ist schön. *(lacht irre, verzweifelt)*

S 2 Und Alfred Lichtenstein dichtet 1913 eine Prophezeiung:
Einmal kommt – ich habe Zeichen –
Sterbesturm aus fernem Norden.
Überall stinkt es nach Leichen.
Es beginnt das große Morden.
Finster wird der Himmelsklumpen,
Sturmtod hebt die Klauentatzen.

Nieder stürzen alle Lumpen.
Minen bersten. Mädchen platzen.

ANNA-KATRINE Einmal kommt Sterbesturm ... Und die Prophezeiung trifft dann auch tatsächlich ein. Alle haben es eigentlich kommen sehen ... Ich habe Post bekommen. Von Johanne. Sie schreibt aus dem Krieg, aus dem Lazarett: *(holt den Brief aus der Tasche)* „Sie liegen da auf den verschmierten Laken, die Augen aufgerissen, das Gewand geöffnet, und sind tot. Ich weiß es noch, bevor ich ihre Haut anfasse, weiß es noch, bevor ich ihren Puls suche, ich weiß es noch, bevor ich versuche, ihren Herzschlag zu hören. Sie liegen da und sind tot. Ich denke, dass sie Frauen haben, Kinder, Mütter ... Ich streichle ihre Wangen. Sie sind tot. Ich schließe ihre Augen. Ich schließe ihre Münder, das Tor zur Welt, aus dem alles Leben gewichen ist. Ich schließe meine Augen. Ich erbreche mich. Ich verfluche die Welt. Ich fühle mich schuldig und sie sind tot. Ich schlage gegen meine Brust. Ich stehe auf. Wie geht es weiter? Was geschieht jetzt?" *(Pause)* Das war ihr letztes Lebenszeichen.

S 2 Und alles liegt in Trümmern. Es stinkt nach Leichen, Mädchen platzen.

ANNA-KATRINE Und dann kam der Rübenwinter 1916/17, wir hatten nur Rüben, die Kartoffeln gingen ja an die Front und die Bauern und die Pferde waren schon lange da ... Und Frieda ... Ach, unsere verrückte Künstlerfreundin Frieda. Sie ist einfach abgehauen. Sie konnte unseren Streit nicht mehr ertragen ... Sie ist nicht gestorben wie Kasper, nicht verwiesen worden wie Jacob, nicht irre geworden wie Johanne und nicht verstoßen worden wie Maren – sie hat sich einfach abgenabelt. Der Streit, als die Störche kamen und man sich entscheiden musste, was man ist, war ihr zu viel. *(Pause)* Natürlich verlor Deutschland den Krieg. Es starben auch viele Schleswiger, auch viele unserer dänischen Schleswiger ... „Sturmtod hebt die Klauentatzen", „Es begann das große Morden".

S beginnen, die Gerüste wieder zum Feldlazarett umzubauen.

S 8 *(liest)* Handbuch der kriegschirurgischen Technik:

II. Allgemeine Regeln für die Amputation

a) Vorbereitung

1. Jedem Assistenten werden seine Funktion und seine Stellung zugewiesen. Der Patient wird so gelagert, dass er gut zu chloroformieren ist und dass der Operateur und die Assistenten hinreichend Platz haben.

ANNA-KATRINE *(schreit, bevor der OP-Tisch fertig ist)* Nein! Ich kann das nicht ertragen! Es muss aufhören! *(lange Pause)* Und dann endlich kam ein Frieden, der sich aber gar nicht so friedlich anfühlte. Nach dem großen Sterbesturm sollte abgestimmt werden.

S 3 *(liest)* Aus dem Friedensvertrag von Versailles vom 28. Juni 1919, Artikel 109: Die Grenze zwischen Deutschland und Dänemark wird gemäß den Wünschen der Bevölkerung festgesetzt. Zu diesem Zweck wird die Bevölkerung, welche das Gebiet des ehemaligen Deutschen Reichs, in Nordschleswig und Teilen Mittelschleswigs – Zone I und Zone II – bewohnt, aufgefordert werden, sich durch eine Abstimmung zu entscheiden.

ANNA-KATRINE Jeder musste sich entscheiden, ob er zu Dänemark oder zu Deutschland gehören wollte, und wer sich für Deutschland entschied, hatte keine dänischen Freunde mehr. Und wer für Dänemark stimmte, den grüßten die Nachbarn nicht mehr. *(Pause)* Und so formte sich eine neue Grenze. Menschen formten die Grenze. Die Grenze formte Menschen.

Während ANNA-KATRINE das spricht, steht eine Menschenkette auf der Bühne, die die Bühne teilt. Die beiden S initiieren eine Punch-Line, so dass sich nach und nach eine verformte, verrückte Menschenkette bzw. Grenze formt.

ANNA-KATRINE Die neuen Stimmen volkstümelten verlogen und verroht. Ihre Manifeste lesen sich wie Anleitungen zum Völkerhass.

Sie wurden von Intellektuellen unterstützt, medial verbreitet und so oft wiederholt, bis man ihnen nirgends mehr entkam:

S 9 Sønderjyder! *(fett gedruckte Wörter sind Punch-Line-Impulse)*
Nu er dagen der! Vi vil **hjem!**

S 3 Deutsche Nordschleswiger!
Jetzt ist der Tag da! Wir wollen **heim!**

S 9 Hvad slægtled har troet på, fædrene kæmpet og mødrene grædt for, håbet, der har båret vore sønner over krig og død, skal nu gå i opfyldelse.

S 3 Woran Generationen geglaubt haben, wofür unsere Väter gekämpft und unsere Mütter geweint haben, die **Hoffnung,** die unsere Söhne über Krieg und Tod getragen hat, wird nun erfüllt werden.

S 9 Ryk grænsepælene op og flyt dem langt mod **syd!**

S 3 Lasst uns die Grenzpfähle fest und unverrückbar an unserer angestammten Grenze **einschlagen!**

S 9 Vi er danske og vil vedblive at være **danske,** og afstemningsdagen skal vidne derom for kommende slægter.

S 3 Wir sind deutsch und werden **deutsch** bleiben, und der Abstimmungstag wird dies für kommende Generationen bezeugen.

S 9 I syd og nord, i øst og vest i vores landsdel vil vi samles om det fælles mål, skal det lyde enig, som fra broder og **søster.**

S 3 Im Süden und Norden, im Osten und Westen unseres Landesteils werden wir uns für ein gemeinsames Ziel versammeln, lasst uns einig wie Brüder und **Schwestern** sein!

S 9 Står fast, **hold ud:** Indtil en skønnere morgen gryer!

S 3 Steht fest zusammen, **haltet aus!** Bis ein schön'rer Morgen tagt!

Alle S drehen sich zum Publikum.

S Vi vil hjem til Danmark! Wir wollen heim nach Deutschland!

ANNA-KATRINE So ist die Welt, so sind die Menschen, sie wollen zu einer Nation gehören, weil sie denken, sie seien sonst nichts wert.

Sie wollen wissen, wer dazugehört und wer die anderen sind, und sie wollen sich besser fühlen als andere und sie wollen, wenn sie sich vor anderen fürchten, diesen den Schädel einschlagen, das ist ganz normal, so sind die Menschen, ja, so sind sie …
Die Abstimmung brachte nicht allen den Freudentag, den sie gewünscht hatten, denn es ging jetzt ein Riss quer durchs Festland, der Familien trennte und Freunde …
Aber es gibt jetzt eine Gewissheit und die Möglichkeit, irgendwann wieder die Arme zu öffnen und neu anzufangen, wenn die Störche wieder weggezogen sind. *(blickt in den Himmel; geht ab)*

S Alles dreht sich und alles hat man schon mal gesehen auf dieser Welt; 100 Jahre später, heute:

FRIEDA HAT GEBURTSTAG

JOHANNE, ANNA-KATRINE, MAREN, JACOB und KASPER haben einen Kuchen für Friedas Geburtstag vorbereitet und stecken dänische Wimpel in den Kuchen.

JOHANNE Pssst, ich glaube, sie kommt.
JACOB Okay, alle auf Startposition!

Auftritt FRIEDA. ANNA-KATRINE (aus der Umkleide), JACOB und KASPER fangen an „I dag er det Marens fødselsdag" zu singen, MAREN und JOHANNE fangen an „Wie schön, dass du geboren bist" zu singen. Beide Gruppen hören verdattert auf. Einigen sich wortlos auf „Happy Birthday". FRIEDA tut überrascht, freut sich.

JOHANNE Herzlichen Glückwunsch zum Geburtstag, Frieda! Alles Gute! *(will sie umarmen, FRIEDA will sie aber nicht zurück umarmen)*
MAREN *(übergibt den Kuchen)* Für dich, Frieda.
FRIEDA Das ist aber lieb von euch! Das war doch gar nicht nötig.
KASPER Ja, das hab ich auch gesagt, aber die wollten ja nicht auf mich hören.

ANNA-KATRINE Liebe Frieda, alles, alles Gute zu deinem Geburtstag! Echt!

FRIEDA *(sieht dänische Fahne, lacht ironisch)* Und was soll das da?

MAREN Na, das macht man hier so. Wenn Geburtstag ist, wird aufgepüntet,[21] also geschmückt.

FRIEDA Mit dänischen Fahnen? Du hast den Kuchen mit dänischen Fahnen geschmückt?

MAREN Na, mit deutschen wohl kaum! Ah, Jacob, hilf mir: Wie heißt es noch mal? Tee-lökke?

JACOB „Tillykke" spricht man es aus. Tillykke med fødselsdagen. Herzlichen Glückwunsch, Frieda.

FRIEDA In Dänemark ist immer alles so ... *(Pause)* dänisch! Überall dänische Flaggen, diese ganzen dänischen Lieder, die man immer überall singt. Ich war gestern im Supermarkt und da sah ich DANæg und DANbo! Sogar Eier und Käse sind dänisch!

ANNA-KATRINE, JACOB, JOHANNE, MAREN *(schauen sich verdattert an)* Ja. Und?

JACOB Da ist doch nichts Komisches dabei, aber das kannst du als Deutsche nicht verstehen, Frieda. „Dan" bedeutet bei „Danæg" einfach nur „gute Eier" oder „sehr gute Eier" oder eben „die besten Eier". Und die wurden dann logischerweise auch von „Dan-Høns" gelegt, *(leise)* bevor sie von „Danish Crown"[22] geschlachtet werden.

FRIEDA Gibt es auch Dan-Kartoffeln?

MAREN Haha, Frieda. Also, ich finde das schön. Hier in Dänemark ist die Stimmung so ganz anders. Hökke ...

JACOB *(verbessert)* Hygge.

FRIEDA Der Danebrog, Handball, dieses Skandinavische ... *(ironisch)* Ach, und Dänemark ist also jetzt deine Heimat geworden, Maren? Du bist sonst immer so hyper-deutsch!

KASPER Ach, deutsch-dänisch ist Quatsch. Ich verstehe das Beharren auf dem Prinzip der Nationen nicht.

MAREN Ich bin halt ... jetzt hier. Und, ähm ... dementsprechend auch etwas dänisch, ... ohne dafür gleich in eine Schlacht ziehen zu wollen.

21 Deutsch-dänische Mischform; pynte = schmücken.
22 Danish Crown: großes dänisches Schlachterei-Unternehmen.

FRIEDA *(ironisch)* Isst du jetzt auch flæskesteg[23] mit brauner Soße? *(schnell)* Aber danke für den Kuchen, Kusinchen.

JACOB Oookay, wollten wir nicht hüggelich miteinander Geburtstag feiern?

JOHANNE Ja, puste doch mal die Kerzen aus, Frieda.

FRIEDA Das mit den Kerzen macht man sogar in Deutschland.

ANNA-KATRINE Dann ist dieser Kuchen offiziell ein Kuchen der Deutsch-Dänisch-Weiß-Nicht-Völkerverständigung!

FRIEDA pustet die Kerzen aus, die anderen klatschen. KASPER unterbricht das Ganze.

KASPER Bäh, ... ich glaube, dieser Joghurt ist nicht mehr gut ... *(schaut sich angeekelt das Glas an)*

JOHANNE Das ist kein Joghurt, das ist Majonäse.

KASPER Ach so, ja dann, *(isst weiter, fühlt sich bestätigt)* mhmmmm, lecker!

ANNA-KATRINE Bäh, Kasper, du bist so widerwärtig, aber irgendwie haben wir dich trotzdem lieb.

KASPER Na klar habt ihr mich lieb.

JOHANNE So, lasst uns in die Küche gehen und Kuchen essen! *(beim Rausgehen)* Ich habe ihn auch extra für dich ohne Nüsse gemacht, Frieda, und ...

Alle Rollenspieler gehen ab.

23 Klassisches dänisches Gericht, Schweinebraten.

S 3 Bis vor kurzem war alles selbstverständlich. Wir waren Amphibien.

S 4 Amphibien?

S 9 Wir lebten in zwei Elementen. Auf dem Land gehen, im Wasser schwimmen.

S 10 In gewisser Weise tun wir's noch. Wir gehen von der einen Sprache in die andere wie durch eine offene Tür. Je nach Umgebung.

S 7 Und je nach der Umgebung leben wir in dänischen Liedern oder in deutschen.

ANNA-KATRINE zum Bühnenrand

S 2 Im Wasser schwammen sie und an Land gingen sie. Ich rede wie von einem Kindheitsparadies, von einem fernen Zuhause … Wir redeten und wir sangen deutsch. In der Kirche und im Dorf war alles dänisch, auch mein Vater redete dänisch im Kindergottesdienst und sang mit uns die dänischen Lieder.

FRIEDA zum Bühnenrand

S 8 Nichts war daran auffällig. Wir schwammen dänisch und gingen deutsch oder umgekehrt, je nachdem, wir konnten uns gar nicht vorstellen, dass es auch anders geht.

JACOB zum Bühnenrand

S 2 Aber es ist nicht mehr selbstverständlich.

JOHANNE zum Bühnenrand

S 8 *(widerspricht)* Doch, jetzt ist es wieder selbstverständlich! Wir schwimmen dänisch und gehen deutsch oder umgekehrt.

MAREN zum Bühnenrand

S 2 Ja, wir leben in beiden Welten!

KASPER zum Bühnenrand

Während die Sprecher reden: ANNA-KATRINE, JACOB, KASPER, JOHANNE, FRIEDA und MAREN fangen an, sich langsam alle nacheinander auszuziehen, bis sie nur ihre „Unterwäsche" anhaben (schwarze Radlerhosen und ein schwarzes Unterhemd). In diesem Zustand bleiben sie lange stehen.

S 4 Emely Lehmann kann auf eine deutsche Schule in Dänemark gehen.

S 5 Inge Kley tanzt am Heiligabend mit ihrer Familie um den Weihnachtsbaum …

S 6 … und singt dabei deutsche Weihnachtslieder.

S 7 Julius Wrede geht mit seiner „Studenterhue" wie in dänischer Tradition auf Amrum herum.

S 8 Bruno Schulz aus Schleswig macht in Blåvand Ferien …

S 4 … und Kalle Sørensen fährt nach Harrislee, wenn er billigen Sprit braucht.

ALLE *(linke Bühnenseite)* Sie können sich streiten.

ALLE *(rechte Bühnenseite)* Sie können sich streiten, ohne sich gleich totzuschlagen.

S legen ihre Kostüme ab, werden langsam wieder mehr zu Störchen: Choreographie.

KASPER Ich verstehe das Beharren auf dem Prinzip der Nationen nicht – und Menschen, die süßes Popcorn mögen. *(Pause)* Mein Name ist Linus Clausen und ich danke Kasper dafür, dass er für mich gekämpft hat. Seinetwegen kann ich eine Amphibie sein. Ich bin deutsch. Ich bin dänisch. Ich bin weiß-nicht … Ich bin Mensch. *(geht in den Saal, improvisiert weiter, z. B.: „Ich bin Sohn, Schüler, Veganer, Radfahrer …")*

MAREN Ich verstehe Menschen nicht, die bereit sind, im Namen von Nationen in Schlachten zu ziehen. *(Pause)* Mein Name ist Anna-Sophie

Lorenzen und ich danke Maren dafür, dass sie für mich gekämpft hat. Ihretwegen kann ich eine Amphibie sein. Ich bin deutsch. Ich bin dänisch. Ich bin Mensch. *(geht in den Saal, Impro., s. o.)*

ANNA-KATRINE An eine Vorstellung von einer Nationalität glaube ich nicht, wohl aber, dass einige meinen, es sei fast so etwas wie eine Wesenheit, die ihnen ein Fundament baut. *(Pause)* Mein Name ist Stella Sina und ich danke Anna-Katrine dafür, dass sie für mich gekämpft hat. Ihretwegen kann ich eine Amphibie sein. Ich bin deutsch. Ich bin dänisch. Ich bin Mensch. *(s. o.)*

FRIEDA Ich dachte einige Zeit, man sei Däne, weil man flæskesteg mit brauner Soße isst – also einfach jemand mit einer speziellen Diät. *(Pause)* Mein Name ist Bente Andersen und ich danke Frieda dafür, dass sie für mich gekämpft hat. Ihretwegen kann ich eine Amphibie sein. Ich bin deutsch. Ich bin dänisch. Ich bin Mensch. *(s. o.)*

JACOB Bei meinen deutschen Freunden gab es Mohnkuchen, Mülltrennung, Sorgerechtsstreit, Schulden und sonntags Tatort. *(Pause)* Mein Name ist Niklas Bauer und ich danke Jacob dafür, dass er für mich gekämpft hat. Seinetwegen kann ich eine Amphibie sein. Ich bin deutsch. Ich bin dänisch. Ich bin Mensch. *(s. o.)*

JOHANNE Bei meinen dänischen Freunden gab es das alles mehr oder weniger auch, mit etwas mehr Mohn und etwas weniger Mülltrennung; allerdings: Finde mal einen Dänen, der Tatort gesehen und gemocht hätte. *(Pause)* Mein Name ist Geertje Graehn und ich danke Johanne dafür, dass sie für mich gekämpft hat. Ihretwegen kann ich eine Amphibie sein. Ich bin deutsch. Ich bin dänisch. Ich bin Mensch. *(s. o.)*

Ab hier überlagern sich die Texte; auch die S *stimmen ein; zunächst flüsternd, dann langsam lauter werdend: „Mein Name ist XY. Ich bin deutsch. Ich bin dänisch. Ich bin Mensch.“ Spieler gehen in den Saal. Pause.*

ANNA-KATRINE Aber ich habe eine Wut und ich habe Angst.

MAREN, JACOB *und einige* **S** Ich auch. Ich auch.

JOHANNE Wir können uns abends schlafen legen und vielleicht am nächsten Morgen als Landtiere erwachen.

ALLE blicken in den Himmel. Pause.

ALLE Die Störche werden wach?

MAREN Alle Nationen wären dann Bürger des gleichen Landes:

ALLE Der Angst.

KASPER Nein, Angst ist kein Land, Angst ist ein Kontinent.

ANNA-KATRINE Die Länder heißen:

ALLE Wut, *(Pause)* Trauer, *(Pause)* Not.

ANNA-KATRINE Es gibt keine Grenze zwischen ihnen, und wir, die Bürger dieser verdunkelten Länder, die vereinten Nationen der Angst, haben unsere Rechte verloren.

Stille. Nach einer langen Pause geht der erste ab. Dann folgt der nächste und so weiter, bis irgendwann alle gegangen sind und das Licht erlischt.

IMPRESSUM

Der Präsident des Schleswig-Holsteinischen Landtags
Referat für Öffentlichkeitsarbeit

Düsternbrooker Weg 70
24105 Kiel

Telefon: 0431 988-0
E-Mail: registratur@landtag.ltsh.de

www.sh-landtag.de

Text: Stella Fuglsang-Damgaard Sina / Jürgen Schulze
Lektorat: Nadine Otte / Jürgen Schultze
Titelgrafik: Caroline Panozzo
Fotos: Hannah Maaßen; S. 46–53 / Lukas Knauer (NDR); S. 44, 45

Gestaltung: amatik Designagentur, Kiel
Druck und Bindung: Schmidt und Klaunig, Kiel

Printed 2020
ISBN: 978-3-00-066634-6